マイル

両舷全速ゥ、ケラゴン、

レーナ

発進します!
God bless me?
私、能力は平均値でって言ったよね!
書き下ろしSS

私、能力は平均値でって言ったよね！
15
God bless me?

【ティルス王国】

強気な少女ハンター。
攻撃魔法が得意。

貴族の娘。アデルの友人。
「ワンダースリー」のリーダー。

宿の少女。
お金にしっかりしている。

竜種の頂点で、世界最強の生物。
人語を喋り、知能も人間以上。

【日本】

高校生。小さな少女を救い、
異世界へと転生した。

Cランクパーティ『赤き誓い』

異世界で"平均的"な
能力を与えられた少女。

剣士。ハンターパーティ
「赤き誓い」のリーダー。

ハンター。治癒魔法使い。
優しい少女だが……

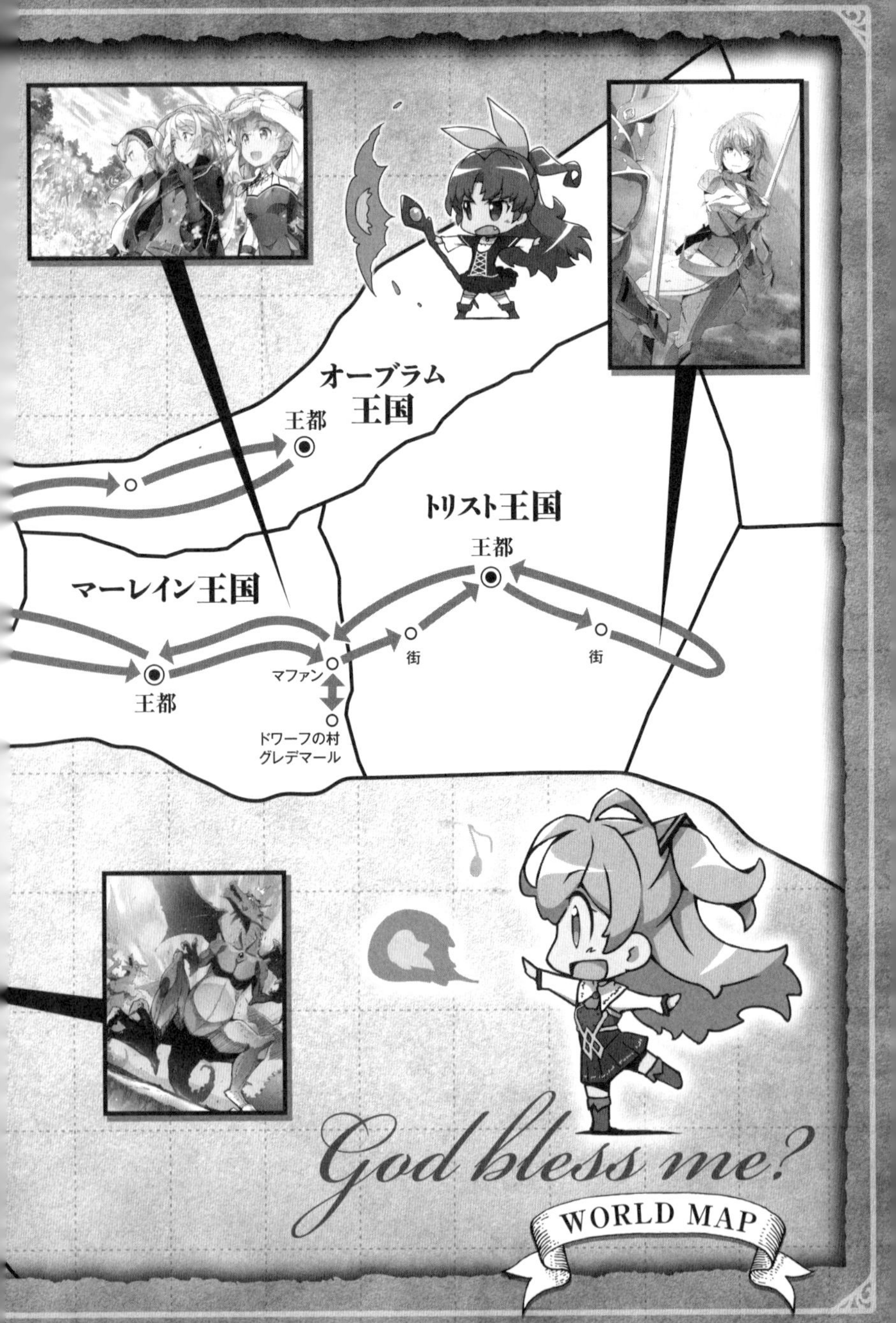

オーブラム王国
王都
トリスト王国
王都
マーレイン王国
王都
マファン
街
街
ドワーフの村グレデマール
God bless me?
WORLD MAP

ブランデル
王国
ヴァノラーク王国
辛味亭
宿屋事件の町
アスカムへ
向かい反転
アスカム領
侵攻軍
王都
シャレイラーズ
王都
アレイメン領
ティルス王国
「赤き誓い」登録国
マイルのハンター
登録の町
王都
帝都
山岳部
アルバーン帝国

前巻までのあらすじ

アスカム子爵家長女、アデル・フォン・アスカムは、十歳になったある日、強烈な頭痛と共に全てを思い出した。

自分が以前、栗原《くりはら》海里《みさと》という名の十八歳の日本人であったこと、幼い少女を助けようとして命を落としたこと、そして、神様に出会ったことを……

出来が良過ぎたために周りの期待が大きすぎ、思うように生きることができなかった海里は、望みを尋ねる神様にお願いした。

『次の人生、能力は平均値でお願いします！』

なのに、何だか話が違うよ？

ナノマシンと話ができるし、人と古竜の平均で魔力が魔法使いの６８００倍!?

初めて通った学園で、少女と王女様を救ったり。

マイルと名乗って入学したハンター養成学校。同級生と結成した少女４人のハンター『赤き誓い』として大活躍！

そんな『赤き誓い』が、クーレレイアやエートゥルーたち人の国で暮らすエルフ女性と共にエルフの村へ？

エルフのお見合い大作戦（村コン）や、村の発展に繋がる大騒動に！

さらにオーブラム王国へと遠征することになって、そこには次元の裂け目からの侵入者が!?

別次元からの機械知性体を撃退したマイルたちだが、危険な気配は去ったのだろうか……

God bless me?

CONTENTS

第百五章　刻　印

「……何だって？」

さすがに、あの場で手紙を読むわけにはいかなかった。

なので、宿に戻った『赤き誓い』であるが……。

「ケラゴンさんから、また会いたい、って。それも、今度は族長と長老を含む、首脳陣勢揃《せいぞろ》いで。

あ、あの、指導者とかいう子供は抜きだそうです。ベレデテスさんも抜き。

……つまり、『子供や若造抜きの、大人の話』ってことらしいです。何か、ちゃんとした話ができそうですね」

「いくら向こうが子供を抜いても、こっちには子供がいるんだけど、それはいいのかしら？」

「なっ……」

レーナの茶々入れに、ぷくっと頬を膨らませるマイル。

この中では、未成年なのは13歳のマイルだけである。出会った時はポーリンが14歳であったが、今はとっくに15歳になり成人している。

まぁ、古竜相手にマイルがいなくては始まらないので、ただのレーナの冗談であるが……。

「……それで、古竜達の目的は？」

メーヴィスは、真剣な表情である。

そう、相手が相手である。こんな場面で冗談を言えるなど、余程肝が据《す》わっているか、馬鹿だけである。

そして勿論《もちろん》、レーナは前者である。

あれだけ何度も古竜と戦ったのである。それは、肝も据わるであろう。

……慣れた。

ただ、それだけのことであった……。

「彼らの目的は……」

ごくり

メーヴィス達3人が、息を呑んでマイルの言葉を待つ……。

「書いてないので、分かりません！」

　ズコ～！

「そんなことだろうと思ったわよ！」

「想定の範囲内です……」

「ははは……。まぁ、マイルだからねぇ……」

ずっこけたレーナ達がそんなことを言うが、マイルは心外な様子。

「私のせいじゃありませんよっ！　この手紙を書いた、ケラゴンさんのせいですよっっ!!」

実際には魔族か獣人に書かせたものであろうが、まぁ、マイルが言っていることは間違ってはいない。

「で、何て書いてあるのよ？」

レーナに促《うなが》されて、みんなに手紙の内容を説明するマイル。

「ええと、長老、族長を含めた首脳陣8頭を案内していくから、来い、って。

場所は、ここからそう遠くはないところだそうです。『現地の人間達が、静かの森と呼んでいるところ』って……」

「ああ、ここから半日とかからないところだね。古竜の里から真っ直ぐ飛んだとして、途中で大きな街の上空を飛ぶこともなく来られるところだ。深い森だから、中央付近なら近くには人間の村とかもないし……」

多分マイルはその森のことを知らないのだろうな、と思ったらしいメーヴィスが、解説してくれた。

「……で、日時は？」

当然、それを確認しようとしたレーナであるが……。

「書いてありません」

「は？」

何だそれ、という顔をするレーナ。

「いや、前回もそうだったじゃないか。日時指定は無しで、『この手紙を読んだら、すぐ来い』っていうニュアンスで……。

古竜にとって、自分達が呼び出したら、他の生物はどんな用事よりも優先してすぐに駆け付けるのが当然であり、そして自分達が行くまでいつまでも待ち続けるのが当然だから、日時の指定をする、という概念がないいんだよ。

ケラゴンさんは私達に良くしてくれるけど、そのケラゴンさんですら、それが当然だと身体に染み付いているんだろうね、多分。……だから、悪気はないんだろうと思うよ」

メーヴィスの再びの解説に、なるほど、と納得するレーナ達。

「あ……」

しかし、マイルが何かに気付いたように声を漏らした。

「私達、長期不在にしていましたよね？　あの手紙、どれくらい前に届いていたのでしょうか？」

「「「あ……」」」

ちょっとマズいかもしれない。

そう思い、たらりとコメカミのあたりに汗を伝わせる、４人であった……。

＊　＊

「遅い!!」

マイル達が主要街道から外れて『静かの森』の外縁部に辿り着いたら、小径《こみち》の脇にひとりの獣人が立っていた。

見ると、その後ろの草むらに小さなひとり用テントがあり、その側には石で組んだ簡易かまど、そして退屈凌《しの》ぎに剣の練習でもしていたのか、木で適当に作られた木人形が立ててあった。

「どんだけ待たせるんだよ、ふざけんなよ！

時間感覚がアレで、何週間だろうが何カ月だろうが平気で森の中で寝っ転がっている古竜様達はいいよ。でも、俺はひとりでこんなところで何日も待ち続けるのはキツいんだよ、分かるだろうが！

用意していた食料なんかとっくに尽きて、ここ数日は碌《ろく》なもんを喰っちゃいねぇよ！　どうしてすぐに来ないんだよ!!」

獣人のおっさん、激おこ。

「仕方ないでしょ！　私達が、依頼を受けて行っていた他国への旅から戻ってきたの、昨日なんだから。私達が不在なのも確認せずに勝手に手紙を送ったり、同意も得ずに一方的に待ち合わせを決めたり、そして逆に日時は決めなかったりしたのは、あんた達じゃないの。そんな手紙が来ていることも知らず、他国で依頼任務の遂行に努めていた私達が悪いの？　どこが、どういうふうに悪いのか、教えてもらおうじゃないの。ええ？」

「うっ……」

レーナの剣幕に、口籠もる獣人。

確かに、『赤き誓い』には何の落ち度もない。

「……分かったよ。じゃ、上空に向けてファイアー・ボールを3発、打ち上げてくれ」

(((また、それか……)))

しかし、以前それについて突っ込んだら返り討ちに遭ったため、何も言わずに黙ってファイアー・ボールを打ち上げる、『赤き誓い』であった。

そして、空腹であるらしい獣人のために、アイテムボックスから食べ物を取り出して渡してやるマイル。食べ物関連については、マイルはよく気が回るのであった。

＊　　＊

「来た来た……」

ファイアー・ボールを打ち上げてから4〜5分後、空に九つ《ここの》の影が現れた。

……言わずとしれた、古竜達である。

この森のどこかにいたと思われるのにそんなに時間がかかったのは、おそらく寝ていたり動物にちょっかいを出して遊んでいたりしていた者たちを集めるのに少し時間がかかったのであろう。

そしてわざわざ上空に上がってから降下してきたのは、……勿論、その方が『カッコいいから』なのであろう……。


どん！

どん！

どどどどどどどん!!

九つの地響きと共に、古竜達が降り立った。

（ええと、今回はガキんちょもベレデテスさんもいなくて、ケラゴンさんがお偉いさん達だけを案内するとかで、戦士隊の人……竜たちはいなくて、1頭だけ少し離れた場所に立ってて、その竜の爪に私が彫った飾り彫りがある。ということは……）

「お久し振りです、ケラゴンさん！」

そう、彼がケラゴンに間違いない。

『うむ、壮健《そうけん》そうで何よりである、マイル殿』

（よかった、当たった……）

まぁ、こんなピンポイントなヒントがあれば、当たらない方が不思議である。

しかもマイルは、相手の顔が識別できない状態で、状況から判断して相手が誰かを判別するのは、前世の海里《みさと》の時に散々やっていたので、得意であった。

そしてケラゴンは、前に1頭だけで会った時には『マイル様』と呼んでいたが、さすがに他の古竜達の前で人間を『様』呼びするのは憚《はばか》られたのか、今回は『マイル殿』と呼ぶことにしたようであった。

「で、今回は、何の御用件で……」

マイルも、空気を察して、ケラゴンに対して少し固い言葉遣いをすることにしたようである。

古竜の首脳陣を引き連れてきたということは、やはり、相当重要な用件であると思われた。

しかも、近隣諸国で不穏な事象が生起している、この時期に、である。

これは、やはり……。

『うむ、今回は、非常に重要な案件で参った。こちらにおられるのは、我が氏族の族長、長老、そして評議委員会の重鎮6頭である。そして、用件は……』

ごくり、と息を呑むレーナ達。

『皆の爪と角に、飾り彫りをしていただきたい、と……』

そして、ケラゴンのその言葉に、こくこくと頷く、他の8頭の古竜達。

『『『**な、何じゃ、そりゃあああああ～～!!**』』』

「……知ってた」

そんな負け惜しみを言う、マイル。

確かに、雌《めす》竜達からの評判が良ければ、他の者達にも彫ってあげる、とは言った。

しかしあれは、あの時いた戦士隊のみんなに対して言った言葉である。

被験者の希望が殺到し、隊長だけに試験的に彫ったために、そうでも言わないと隊長に対する信頼が崩壊して大事《おおごと》になりそうな気がしたから、仕方なく……。

それが、どうして本人達を蔑《ないがし》ろにして重鎮連中が来るのか……。

「……戦士隊のひと……方々は？」

『**う、うむ、それが……**』

マイルの問いに、視線を逸らせるケラゴン。

それが、全てを物語っていた。

「話が違いますよっ！　私は、戦士隊の皆さんの心のケアと、隊長さんの立場を考えて、ああ言ったのに！」

『…………』

それは分かってはいたのであろう。ケラゴンは、古竜としては傲慢《ごうまん》さが少ない、かなり聡明な個体のようであるので……。

しかし、自分が予想していたのより遥かに激しいマイルの反応に、戸惑った様子のケラゴン。

そう、戦闘中以外は温厚で、小さな草食動物のような抜けた顔の、比較的話が通じる下等せい……人間。彼女にとっては、爪や角を彫る相手が誰であろうと、同じ『古竜』の括《くく》りの中なので大した違いはないであろうと思っていたのである。

いや、相手が戦士隊ではなく古竜の首脳陣となれば、こんな名誉なことはあるまい。喜んで引き受けるに違いない、と……。

勿論、報酬としてウロコを要求するなどという畏《おそ》れ多いことはできないが、後でこっそりと削りカスを集めることくらいはできるであろうから、報酬としてはそれで充分であろう、と……。

事実、それを売りに出せば、莫大な額になるはずであった。……それが本物の古竜の爪や角の削りカスであるということを証明できさえすれば。

そして、『赤き誓い』には、その手段があった。

10枚以上の古竜のウロコを提示できる者が、爪と角の欠片《かけら》や粉末を持っていても、何の不思議もないからである。そして売れば大金になるウロコを大量に持っているのに、わざわざ打ち首になる危険を冒してまで偽の爪や角を売ろうとするはずがない。

なので、あの守銭奴らしき太った少女……古竜には、巨乳は『太っており、動きが鈍そう』としか認識されない……も大喜びで、引き受けるよう口添えしてくれるものと信じて疑わなかったのである。

それが、まさかの4人揃っての不愉快そうな顔と、マイルの拒絶であった。

『ええい、何をごちゃごちゃ言っておる！　さっさと始めぬか、この下等せい……』

『『『『あわわわわ……』』』』

1頭の古竜が不穏当な言葉を吐きそうになり、周りの者達が慌ててその口を塞いだ。

どうやら、皆は一応、『赤き誓い』の取り扱い方法をレクチャーされており、人間相手でもそれなりの配慮をしてくれるつもりのようである。一部の者……碌にレクチャー内容を理解しようとしなかったか、そもそも、最初から『我《われ》ら古竜が、下等生物に配慮する必要などない』とか考えている者……を除いて。

それに、普通、仕事の前に職人や芸術家を怒らせる依頼主はいないだろう。

そんなことをすれば、仕事に悪影響が出ないはずがない。

『と、とにかく、報告を受けた族長、長老、そして評議委員会の皆様が、戦士隊のみんながマイル殿に彫っていただいた爪や角を検分なさった後、「自分が直接、調査・確認に行く」と言い出されまして……』

（（（そして、自分達も彫ってもらおうと思ったわけかいっ！）））

心の中で、同じことを考えた『赤き誓い』の4人。

「……マイル、あんたの好きにしなさい。どうせ古竜の爪や角を彫るなんて非常識なことができるのはあんただけだし、受けようが断ろうが、結果は私達みんなで受け止めてあげるわよ。だって、私達は……」

「「「魂で結ばれし、４人の仲間！　その名は……」」」

「「「「赤き誓い!!」」」」

ちゅど～～ん!!

観客は、この世界最強の古竜、その中でも地位が高いらしき8頭プラス1頭である。出し惜しみなしで、爆炎と４色のカラースモークが広がった。

そして……。

『『『『か、カッコいい……』』』』

戦隊ポーズの名乗り、古竜達に馬鹿受け！

どうやら、娯楽が少なく、劇とか演芸とかいうものを知らない古竜達には、こういった『観客の眼を意識した、見世物っぽいポーズや決め台詞、大見得《おおみえ》等』は、斬新《ざんしん》で魅力的に見えるらしい。

首脳陣ともなれば結構年配のはずなのであるが、こういうものは、年齢には関係ないのであろう。

「……というわけで、皆さんからの御要求は、お断りします。

次に施術するのは戦士隊の方々だと決めていますし、隊長さんから女性竜の皆さんからの反響や御意見、御感想等を聞いて、それを反映させなきゃならないですしね。

それに、戦士隊の方々には、上司からの命令を曲げて退《ひ》いていただいたこと、そして私達の事情をしっかりと里の人達に説明していただけることへのお礼として。また、和解してもらえたことへの感謝の印として、施術したのです。

……それに対して、あなた方には何の義理もないし、お世話になったわけでもありませんよね？　指導者と名乗る子供の暴挙を止めようともしなかった、『そうすべき立場であった皆さん』には……」

『ぐっ……』

痛いところを突かれたのか、返事に詰まる古竜達。

しかし、そこにすかさずマイルが救済策を持ち掛けた。

「……でも、そうは言っても、せっかくわざわざお越しいただいた古竜の皆さん、しかも首脳陣の皆さんをこのままお帰しするのも申し訳がありません。

ですから、今から代金代わりに、皆さんから色々とお話を伺いたいと思うのですよ。

私達人間が知らない、叡智《えいち》に満ちた古竜の皆さんからお聞きした話には、私達が感謝し、お礼としてささやかな技術による御奉仕を提供するだけの価値が充分にあると思うのですが、如何《いかが》でしょうか？」

『う……、うむ、それはその通りであるな。確かに悠久《ゆうきゅう》の叡智《えいち》を蓄えた我らから話を聞けたとなれば、その方《ほう》達の名誉となるであろうし、各地でその話を語り伝えることは、人間共の我ら古竜に対する畏敬《いけい》の念を高める効果もあるであろう。

ふむ、人間の小娘としては、なかなか物事の分かった者であるな……』

先程、マイル達を下等生物呼ばわりしかけた一番態度が悪かった古竜が、一転して、機嫌良さそうにそんなことを言い出した。

古竜を正面から悪し様《あざま》に罵《ののし》ったり、悪意ある態度を示す生物がいるわけがない。

そしてまた、古竜を褒《ほ》めたり賛美したりする生物もいない。

……そもそも、普通の生物は古竜に近付いたり話し掛けたりはしないのである。それは、ケルベロスに餌をやったり頭を撫でてやったりするために近付こうとする者が皆無なのと同じである。

あの、古竜の命《めい》で働いていた魔族や獣人達にしても、古竜に対しては畏《かしこ》まってただ命令を聞くだけであろう。そして相手を褒めようなどということは、その発想さえ浮かばないであろう。

そのため、いくら古竜が人間より頭が良いとはいえ、このような直截《ちょくせつ》な賞賛の言葉は聞き慣れておらず、簡単に『良い気分』になってしまったのであろう。

『では、何でも聞くがよい。

どのような話が聞きたいのだ？　この国の建国の頃の話か？　５００年くらい前の大きな戦《いくさ》の話や、他の大陸での、半径数百キロが不毛の地となったという、謎の大爆発の話か……』

「え？　それってまさか……」

核、反応弾、反陽子爆弾、超磁力兵器、地球破壊爆弾……。

様々な単語が頭の中を巡るが、それを振り払い、マイルが尋ねたのは……。

「私がお聞きしたいのは、古竜の皆さんが魔族や獣人達に命じて各地の遺跡を調査させておられます理由とその目的、現在進んでおります異世界からの侵略についてどこまでご存じかということ、そして、このあたりでケモミミ幼女が住んでいるところをご存じないか、の三《みっ》つです！」

『『『『なっ、何だとオオォッッ‼』』』』

マイルの質問内容に、驚愕《きょうがく》の声を上げる古竜達。

そして……。

「「「マイル……」」」

このシリアスな局面で、しれっと混ぜられた三つ目の質問のあまりのくだらなさに、がっくりと肩を落とすレーナ達であった……。

『き、貴様、なぜそれを！』

爪や角の彫刻どころではなくなったらしく、激昂《げっこう》して怒鳴りつける長老らしき古竜。

どうやら、そういうのは族長ではなく長老の役割のようであった。

『それは、我ら古竜の中でもごく一部の者しか知らぬ、裏口伝《うらくでん》。人間如《ごと》きが知るはずが……』

勿論、遺跡調査の方は、多くの者が知っているはずである。古竜の総意として、魔族や獣人達に下請け作業をさせているのだから……。

なので、長老が言っているのは、その後の部分、『異世界からの侵略』のことであろう。

いや、もしかすると、調査の方も皆には適当な理由で説明してあり、本当の理由は秘しているという可能性はあるが……。

「いえ、単なる観測的事実に過ぎませんよ。

時空の裂け目らしきものを目撃したのが、邪神教団の儀式、ドワーフの村、そしてオーブラム王国の調査の時と、計3回。そして、何度も出会い、討伐《とうばつ》した特異種。平和で円熟した文明であったはずの先史文明が後世のために残そうとしたものが、防衛戦のための機械、それもビーム兵器とかではなく、肉弾戦用の、頑丈《がんじょう》さだけが取り柄のゴーレムとか……。

あ、他のも色々とあったけれど、長い年月を生き延びたのが、ゴツくて構造が簡単、頑丈なものだけだった、ということかな……」

そう、ゴーレムは、身体の中央部にある球体が全ての機能を制御しているらしく、他の部分はごく簡単な構造であり、修理には大した技術も資材も必要としないように見えた。……特に、ロックゴーレムとかは……。

そしてスカベンジャーは後方支援型であるため、その素早さもあり、戦いで全損するということは滅多にない。たまの故障くらいであれば、自分で、もしくは仲間の手により、大した資材を必要とすることもなく簡単に修理できるであろう。

だが、スカベンジャーの行動範囲に制約があり、制約の範囲内で無理に資材の調達をしようとすると人間の眼に触れてしまい討伐されるのでは、修理に稀少素材を必要とする防衛器材は次第に稼働率が落ち、最終的には機能を停止してしまうのも仕方あるまい。

マイルにより制限が撤廃された今は、その心配もなくなっているであろうが……。

『なっ……』

驚愕に固まる、長老。

無理もない。代々、長老となる者と、万一の場合……長老職を引き継ぐ前にポックリと逝ってしまうような場合……に備えての知識保護のための『隠れ長老』とでもいうべき役目の者にしか伝えられていない、古竜の間でも裏口伝、秘匿《ひとく》伝承とされている知識。それを、短命であり大昔の伝承などとっくに失伝してしまったはずの人間に、さらっと語られてしまったのである。

そして長老は、ぐぐぐ、と唸《うな》った後、マイルの問いに答えた。

『……**ケモミミ幼女は、獣人の集落には大勢いるが、このあたりでは見掛けぬのぅ……**』

「「「そっちか～い!!」」」

思わず突っ込むレーナ達と、がっかりした様子のマイルであった……。

＊　＊

古竜にとり秘匿《ひとく》伝承は、ごく一部の者を除き、一般の古竜にも、勿論他の種族にも秘密である。

しかし、秘密が漏れたわけではなく他のルートから広まったものであれば、別に口出ししたり秘密保持のため関係者を抹殺したり、とかいうことを考えたりはしないらしい。まぁ、大昔は結構知っている者もいたのであろうし……。

それを聞いて、ひと安心のマイル達であった。

そういうわけで、『既に概略を知っているならば、多少の補完知識を提供するのは問題ない。逆に、正解に近いものの微妙に間違った知識が広まることの方が、「その時」に大きな障害となる』という考えであるらしく、教えた方が得策、との判断のようであった。

しかも、既に人間達の支配階級にその事実の一端が流れているとなっては、下手《へた》をすると大惨事、つまり『亜人大戦』の再発となりかねない。長老がある程度の情報開示を決断するのも、考えてみれば無理のない話であった。


『昔々、この世界には、優れた文明を持つ人間達が暮らしておったぞな……』

「どうして、いきなり昔話風になるんですかっ！」

『いや、昔話じゃから……』

「あ、ソウデスカ……」

マイルの突っ込みは、簡単に躱《かわ》されてしまった。

そして、古竜の長老が話すには……。


昔、優れた文明を持つ人間達がいた。

しかし、ある出来事で大打撃。何とか凌いだものの、被害甚大《じんだい》。そして、いつまた再びそれが起こるか分からない。

なので人々は、天《あめ》の浮舟《うきふね》に乗ってこの地を去った。一部の者達を残して……。

残されし民のために自らもこの地に残られた、慈愛の方々、7賢人。

備えを。

守りを。

新たなる力。新たなる仲間。

『そなた達に、知恵と力を与《あた》えよう』

『ペロちゃん、子供達を守ってね……』

古《いにしえ》の約定。

恩義。誓い。存在意義。

失われし知識。滅びし文明。消え去りし人々。

そして、いつか再びこの地に現れるであろう災厄。

……敵。

『ペロちゃん、子供達を守ってね』

『ペロちゃん、子供達を守ってね』

『ペロちゃん、子供達を守ってね』

「ペロちゃん、っていうのは……」

『おそらく、「始まりの12頭」のうちの1頭、ペロ様のことであろう……。我らが始祖である』

そう言って、マイルの質問に答えてくれた長老。

「「「…………」」」

もし、それがただの伝説ではなく、事実であったなら。

世界が崩壊しかねない危機。

そして古竜が、自分達が危害を加えられた場合や、大規模な自然破壊、他種族の大量殺戮《さつりく》などが行われた場合を除き、あまり人間達を殺そうとはしないこと。

「始祖、ってことは、『それまではいなかった』ということですよね……」

『…………』

「まぁ、分からないですよねぇ。皆さんも、その場にいたわけじゃないんだから。ただ、伝承を伝えてきただけなのでしょうからね……」

『…………』

レーナ達には分からなくとも、マイルには何となく理解できた。

それに、あの『省資源タイプ自律型簡易防衛機構管理システム補助装置、第3バックアップシステム』から得た情報と、ほぼ一致する。

「『7分の1計画』とか、『スーパーソルジャー計画』とかいうのは、ご存じですか？」

『いや、知らぬ』

「そうですか。まぁ、見当は付いているんですけどね……」

そう、7分の1サイズとか、優れた戦闘能力を持っている者とかには、心当たりがある。

「……よかったのですか？」

『何がじゃ？』

「いえ、元々大部分を知っていた私達はともかく、他の古竜の皆さんにも秘匿されていた話だったんじゃあ……」

そう、ここには、長老以外に、8頭の古竜がいる。

しかし、マイルの言葉に、長老は首を横に振った。

『それは、何事もない平和な刻《とき》が続いていた場合の話じゃ。我らがその存在意義を示さねばならぬ刻が来たなら、皆に教えねばならぬことよ。

平時に伝えると、動揺したり、人間に危害を加えようとする愚かな者が現れぬとも限らぬからな。何しろ、我ら古竜が……』

その先は語らぬ長老であったが、マイルにはその先に続くであろう言葉が分かっていた。

（……人間によって、造られた……）

「それで、伝承以外の、長老さんが若い頃の魔物の様子とかは……」

『忘れた』

「え……」

『大きく印象に残ったことならばともかく、そんな大昔の日常的なことなど、覚えておるものか。ありふれたことは、いつ頃のことだったか、どんなことだったか、色々な記憶がごっちゃになってわけが分からなくなっとるわい。

お前、３歳の誕生日の夕食が何だったか覚えておるか。今までに食ったパンの個数を覚えておるか。我らは、お前達の数十倍の寿命があるのじゃぞ。昔のことは次々と忘れなければ、やっていけんわい！』

「確かに……」

それに、恐竜とかの脳はとても小さかったはずである。古竜の脳も同じように小さいのだとすれば。そしてそれで人間以上の知能を絞り出しているのだとすれば、脳は全力稼働中であり、あまり容量に余裕がないのかもしれない。

（あまり脳に負担を掛けさせないよう、労《いたわ》らなくちゃ……）

『お前、今、何かとんでもなく失礼なことを考えておるじゃろう！』

「え？　どうしてそれが……」

『やっぱりかっっ!!』

「あ……」


そして、何とか長老を宥《なだ》め、覚えているうちで話しても構わないことを色々と聞かせてもらったマイル達であった。

但し、『絶対に忘れないように』と韻《いん》を踏んで覚えやすい文章にしてある『伝承』を除き、その他の話の信憑性《しんぴょうせい》はかなり疑わしいものであったが……。

いや、古竜達が嘘を吐《つ》いているというわけでも、悪気があったわけでもない。

膨大な記憶の中で摩耗《まもう》し、他の記憶と混合し、そして長い年月を経て次第に記憶内容が変化してゆくのは、仕方のないことである。……特に、文字というものを持たない者達にとっては……。

古竜は、知能的には文字を持っていて然《しか》るべき種族である。

事実、自分という個体を表すシンボルマークのようなものを持っており、それならば文字を持っていてもおかしくはない。

……しかし、彼らには文字を操るには致命的な問題点があった。その、身体のサイズである。

手や指の形も筆記具を持つには適していないが、そもそものサイズでは、羽根ペンを握り文字を書くことはできまい。

……手の大きさに合わせた、大きな筆記具を作る？

そんなサイズの羽根ペンを作れるような鳥はいないし、丸太を削っても、それを浸すだけのインクも、そして紙もない。

羊1匹丸々を使った羊皮紙とかも、生産性は勿論、そんなものを作れるだけの器用さは古竜にはない。……所詮は、魔力も肉弾戦も馬鹿威力頼りのがさつな種族なのである。

精神面ではなく、その身体の大きさのために、作業面ではそうならざるを得ないのはどうしようもなかったのである。

やはり、詳細で正確な情報を後世に残すためには、文字というものは必須なのであった……。

＊　　＊

「こんな感じで、如何でしょうか……」

『う、うむ、なかなか……』

礼として彫ってみた左手小指の爪に、満足そうな古竜。

彼は、この一団の中で序列的に最下位の個体である。

まずは下位の者から彫って、それに対する皆の感想や要望を取り入れて、次の作業に掛かる。なので、上位者が後になるのは当然であった。

そして、古竜達は自分で芸術的なデザインを考え出す能力はないが……ただ単に、今までそういう習慣がなかっただけであり、将来的には身に付けるかもしれない……、『良いものを見て感心する』という能力は充分にあるらしく、そしてそれを批評し感想を述べることもできるようであった。

『次は我であるな！　我は、もう少し落ち着いた感じで、威厳を強調したものを希望する。詳細は任せる、出来上がりに文句は言わん』

「分かりました、善処します」

あまり細かい注文は付けず、大まかな方向を示してくれて、文句は言わない。……ありがたい客である。マイルとしては、とてもやりやすい。さすが大雑把な種族である。

そして、再び仕事にかかるマイル。

さすがのマイルも、８頭の古竜の爪１本ずつと角を、それも注文を聞きながら前回よりも手の込んだ彫り込みを入れるにはかなりの時間を要し、結局、食事や睡眠を挟んでの長丁場となってしまった。さすがに、戦士隊のみんなに彫ったものより簡単な図柄や手抜きに見えるものを彫るわけにはいかなかったので……。

どうしても、あれより重厚に見えるものでないとマズいであろう。戦士隊のみんなの立場というものもある。

古竜達は多少の時間など気にもしないし、獣人はマイルが出した材料でポーリンが作った料理をがっつき、『いくら長引いてもいいぞ』とか言っていたので、時間が掛かることには問題ない。

そしてマイルは、角や爪を彫りながら、施術を受けている古竜に色々なことを聞いていた。美容院で、美容師さんが話し掛けてくる、アレである。

「言い伝えは、古竜さんの言葉で伝えられているんですよね？　人間の言葉に翻訳する段階で、微妙に意味が変わったりはしないですか？」

『え？　何を言っておるのだ？　言葉は我らのも人間のも同じであるぞ。おそらく、我らの祖先が人間共に教えてやったのであろう』

「え……。あ、そうか！」

元々言葉を持たなかった者に、人間が知能を上げてやり言葉を教えたのであれば、最初から人間の言葉を喋っていたに決まっている。その後に古竜がわざわざ独自の言語を創り出すはずがない。

マイルは今まで、古竜が人間の言葉を覚えてくれたものと思っていたのであるが、とんだ勘違いであったらしい。

マイルはその後、古竜達のプライドを傷付けないように配慮して色々と当たり障りのない話題を振り、その合間に自分が知りたいことに関する質問をうまく混ぜ込んだ。

人間の世界でのことを面白おかしく話してやると、娯楽に飢えているらしき古竜達はかなり喜んでくれて、マイルの質問にも色々と答えてくれ、情報収集が捗《はかど》るのであった。

古竜は人間を見下しているが、相手が自分に懐いて役に立つことをするならば、別に邪険に扱うことはない。人間も、ネズミを追い払う猫とか、牧羊を手伝う犬とかにはきちんと世話をしてやるし、じゃれついてくれば相手になってやる。それと同じようなものであろう。

過去にも、古竜が気に入った人間を助けたとか、ウロコをやったとかいう話がいくつか伝わっている。

そしてレーナ達も、こんな絶好の機会を見逃したりはしない。

マイルのような特定の目的はないが、長老クラスの古竜ともなると、数百年どころか、数千年単位の、歴史の生き証人である。

いくら長生きしすぎて記憶の順序がごっちゃになっているとはいえ、いつの話か確実に同定できる有名な事件はたくさんあるし、人間達が知らない役立つ知恵とか、色々とあるだろう。

なので、順番待ちや既に施術が終わった古竜達に色々と『古竜様ヨイショ』で話し掛け、暇である古竜は人間が小動物と遊ぶが如く、気軽に相手になってくれたのであった。

「古竜様のように強力な魔法を使うには、何かコツとかがあるんですか？」

珍しく、相手に敬語で話すレーナ。

まあ、レーナも相手が古竜、しかも長老クラスであり、更に自分の役に立つことを教えてもらうとなれば、丁寧な喋り方くらいはするであろう。ポーリンが言うところの、『リップサービスは無料《タダ》』というやつである。

『ん？　そのようなことは、考えたこともないな……。ただ単に、我ら古竜は神々に祝福されているからではないか？』

（古竜、使えねぇ……）

腹の中で毒づくが、普段とは違い、レーナにはそれを顔に出さないようにするだけの分別があった。……顔に出していたとしても、おそらく古竜には人間の表情は読み取れなかったであろうが。

『それに、お前は我らから見ればまだ卵の殻から這いだしたばかりの年齢であろう。いくら弱くとも、まだそう焦《あせ》る必要はあるまい。

人間は確か、15年で成人《いちにんまえ》であったな。お前はどう見てもまだその年齢には達していないであろう。

儂《わし》は長命である古竜の中でも特に長生きしておるからな、それなりに人間と会うことも多く、人間の年齢を当てるのが得意なのだ。今では、ほぼ確実に当てられるようになっておるのだぞ。

種族、大きさ、喋り方、知識量その他から、百発百中じゃ。

まさか儂に人間の歳が当てられるなどとは思ってもいないであろうから、毎回、歳を当てられた人間共の驚くこと、驚くこと！　ふははははは！

お前の年齢は、う～む、11、……いや、12歳であろう！』

「誰がじゃ～い!!」

がすっ！

古竜の身体を右腕で思い切り殴りつけたレーナ。

そして……。

「ぎゃあああああああ〜〜!!」

レーナは右手首を左手で握り、絶叫を上げた。

「レーナさん、素手で古竜の身体を殴るなんて、そんな無茶な……。マイルちゃんじゃないんですから……」

指と手首、そして肩までやってしまったらしく、蹲《うずくま》って叫んでいるレーナに、慌てて治癒魔法を掛けてやるポーリン。

どうやら、指が数本折れており、手首は捻挫《ねんざ》、肩もおかしくなっているらしい。内出血もしているのか、手首から先は腫れ上がり、一部が紫色とどす黒い色の中間くらいに変色していた。

ポーリンの魔法で何とか痛みも止まり、色も普通に戻ったレーナは、ぐぬぬ、というような顔をして古竜を睨《にら》み付けたが、先程のは自業自得であり、しかも古竜はレーナに触れられたとすら認識しておらず、表情ひとつ変えていない。

ここで揉《も》め事を起こしても、何のメリットもない。そして古竜からじっくりと話が聞けるチャンスなど、人生においてもう二度とないかもしれない。

……普通は、一度すらあるものではないが。

なので、何もなかったことにして、再び古竜への質問を続けるレーナであった。


一方ポーリンは、別の古竜に話し掛けていた。

「古竜様、人間が住んでいる場所の近くで、金の鉱脈とかの在処《ありか》をご存じではありませんか？」

（（ストレートの剛速球、キタアァ～～!!））

マイルと、フカシ話によって『直球ど真ん中、ストレートの剛速球』という言葉の概念を教わっているレーナとメーヴィスが、ポーリンのあまりにも欲望に忠実な質問に、心の中で叫んだ。

確かに、一部の竜種や鳥の中には、光り物を集める習性を持つものがいる。

しかし……。

『金？　人間達がお金というものに使っている金属のことか？　我らは金属は使わぬし、あまりたくさんは採掘されず、しかも鉄よりずっと柔らかいものなど、意味がなかろう？』

確かに、古竜には金鉱石を採掘して製錬することなどできそうにないし、金属を使うことも、ましてやお金を必要とすることもないであろうから、金など何の意味もなく、興味もなくて当然であろう。

（古竜、使えねぇ……）

腹の中で毒づくポーリン。

「古竜様、力ある者としての義務、そして強き者としての心構えというものをお教えいただければと……」

そして、また別の古竜にそう尋ねるメーヴィス。
さすがメーヴィス、聞くことがレーナやポーリンとは違う。
そして、古竜もそれに少し感心したようである。

『うむ、幼生体でありながら、なかなか感心な者よ。よし、我が詳しく教えてやろう！』

メーヴィスは、自分が強くなった時のための、心構えの参考としてそう質問したのであるが、勿論古竜は人間如きが、しかも生まれてから僅《わず》か20年すら経っていない幼生体が『自分が強くなった時のために』などと考えているとは、思ってもいない。

人間は全て、生まれたばかりの古竜の幼生体にすら遥かに及ばぬひ弱で脆弱《ぜいじゃく》なまま寿命を迎え、消え去るのだから……。

なので、メーヴィスの言葉は『偉大なる古竜様に、そのお心構えを尋ねる』というように受け取られ、益々《ますます》古竜に気に入られるメーヴィス。

『さすがに、ひ弱な人間と言えど雄《おす》であるだけのことはあるな。雌である他の3匹とは心構えが違う。ひ弱な生物なりに、励《はげ》むがよい……』

「え？」

古竜の言葉に、ぽかんとするメーヴィス。

「……わ、私は女性です！　古竜様が言われるところの、『雌』ですよっっ!!」

さすがのメーヴィスも、いくら相手が古竜であってもそこは看過できなかったようである。

そして、古竜も少しは悪いと思ったのか、そっと視線を逸らすのであった。

とにかく、何やかやと、４人それぞれ、それなりに情報収集に励むのであった……。

＊　　＊

そして……。


『『『『『『『おおおおおおお!!』』』』』』』

喜びに打ち震える、８頭の古竜達。

『大儀《たいぎ》であった。では、褒美として、これを遣わす』

そう言って長老が差し出してきたのは、ソフトボール大の、水晶のようなものであった。

『竜の宝玉、と呼ばれておるものじゃ。我らにとっては大した価値はないのだが、人間共は昔からこれを珍重しておると聞く。そこそこの値は付くことであろう』

そして勿論、マイルは考えていた。

（8頭の古竜《ドラゴン》を集めて願いを叶《かな》えてやると、『竜の宝玉《ドラゴンボール》』が貰える……、って、逆ですよ、完全に反対ですよっっ!!）

一方レーナは、ふらついたポーリンを支えるのに必死であった。

……どうやら竜の宝玉、相当な値打ち物らしい。あのポーリンをふらつかせるぐらいの……。

『色々と余計なことも喋らされてしまったが、「敵」の侵攻の予兆のことを聞けたのは、我らにとっても益になることであった。互いに得るところのある、良き出会いであったことを幸いとしようぞ。

ああ、あの子供は、しっかりと叩き直す故《ゆえ》、心配するな。では、さらばじゃ、面白き下等生ぶ……人間達よ！』

＊　　＊

「……行ったわね」

「……行きましたね」

「……行ったようだね」

「……行きましたねぇ……」

ポーリンも、先程の衝撃から何とか立ち直ったようである。

「これで、古竜関連で知りたかったことは、だいたい聞けましたね。遺跡を調べて回っている理由とかは教えてくれなかったけど、まぁ、それもだいたいの予想は付きますし……」

だいたい聞いたとはいえ、実際には、大した収穫があったわけではない。

そもそも、元々古竜が知っていることはあまりなく、古竜の間に伝わる『表の伝承』……エルフやドワーフ、妖精達の間に伝わっている伝承や神話と大差ないもの……と、『秘匿伝承』のごく一部を聞かせてくれただけである。それも、元々マイル達が知っていたことに、少し訂正や補完をしてくれた程度に過ぎない。

それ以外の、人間にとっては大昔のことを、『ああ、それなら面白そうだから見物に行ったぞ』とか言って世間話として話してくれたことは、かなり興味深く、皆、結構楽しんだのであるが……。

正直、伝承とかの話より、そっちの方がずっと面白かった。

特に、作家『ミアマ・サトデイル』としてのマイルには、貴重なネタの宝庫であった。

他の3人も、何やら熱心にメモを取っていたので、将来英雄やらAランクハンターやら伝説の大商人やらになった後に書く予定である、自伝のネタにするつもりなのであろう。

「帰るわよ」

「「「おお！」」」

ハンターとしての仕事ではなかったが、爪と角の削りカス、そして竜の宝玉によって、充分な、いや、一泊二日の稼ぎとしてはあり得ない程の稼ぎとなった『赤き誓い』。

しかし、別にお金には困っていないし、Cランクパーティなのにあまり騒がれるのも嫌なので、爪と角の削りカスも竜の宝玉も、当分はマイルのアイテムボックスの肥《こ》やしとなるのであった……。

＊　＊

「あ！」

宿での食事中に、突然声を上げたマイル。

「どうかした？　マイル……」

「い、いいえ、何でもアリマセン……」

（そういえば、ひとつ、見落としていた……。ナノちゃん！）

【ハイ！】

（ナノちゃん、あの異次元派遣隊の隊長さんが言っていた、帰還待ちの時にこの世界の上空に繋がった、って話！　あの話で、向こうの金属ゴーレム……、ロボットがこっちの世界に落下した、って言ってたよね！　それを回収して記憶回路《メモリ》を調べれば……）

【残念ながら、落下の途中で大規模破損を避けられないと判断したらしく、メモリの全消去、その

後動力源を暴走させて回路を焼き切った後、自爆しました。下は海溝部であったため、破片は全て深海へと……。たとえ破片を回収できたとしても、『金属片』以外のものとしての価値はないかと思われます……】

（あ〜、やっぱり、そう甘くはないか……）

食事中に浮かんだせっかくの糸口の心当たりも、ナノマシンにあっさりと否定されたマイルであった。

まぁ、これはこの世界の危機に関わることであるから、もし解析可能な状態で残されていたなら、ナノマシンがそれとなくマイルを誘導したであろうと思われる。それがなかったという時点で、そっちのルートは閉ざされていたということなのであろう。

【本件に関しましては、規則の許す限りマイル様に便宜《べんぎ》を図るという方針ではありますが、我々の自発的、かつ積極的な異次元世界への干渉及びその世界の文明や生物への手出しは禁じられておりまして……。

そのため、魔法の行使という形での攻撃や、自らの意思や意図に沿って行動してはいないもの、つまり死体や完全に機能を停止した被造物に対する分析調査等を除き、思うように関与できず……。

申し訳ありません】

（いや、そのように神様……造物主さんから指示されているんだから、仕方ないよ。気にしないで！）

【…………】

＊　　＊

じとり……。

物陰から注がれる、粘り着くような視線に、うんざりしたような様子の年配の古竜。

その古竜の角は美麗な飾り彫りが施《ほどこ》され、左手の小指の爪も、同様に芸術的な細工彫りがなされている。

『……仕方ないであろう。そなたが自ら判断し、選んだ結果なのだから……』

『ぐぎぎぎぎ……』

物陰に潜み、顔半分だけを覗かせた一頭の古竜が、若い雌竜を侍《はべ》らせた古竜に向けて怨嗟《えんさ》の唸り声を漏らしていた。

実はこの古竜、戦士隊の精鋭達や評議委員の年寄り達が爪や角にカッコいい飾り彫りをしてから急にモテだしたのを見て、是非自分もと考え、彫り師を教えるよう戦士隊の者達に強要。

しかし長老達から『これ以上、あの者に迷惑をかけてはならぬ』と言われていた戦士隊は、それを拒否したのであった。

勿論、戦士隊の者達に関しては、少し期間を置いてから角を彫ってもらえるよう、長老達に同行したケラゴンが相手方から言質《げんち》を取ってくれている。

そして、この古竜が考えたのは……。

『彫り師を教えてもらえないなら、自分で彫れば良いのではないか』

ということであった。

人間如き矮小《わいしょう》な下等生物にできることが、偉大なる古竜である自分にできないはずがない。

そう考えて、早速行動を開始したのであるが……。

「……駄目です、歯が立ちません！」

使っているのは刃《は》であるが、立たないのは『歯』。

まず、魔族や獣人に命じてやらせてみたのであるが、古竜の爪や角を彫るには腕の力が全く足りなかった。数人掛かりでやらせると、道具の刃が折れた。

そもそも、普通の刃物や魔族、獣人達の力で、古竜の爪や角に傷を付けられるわけがなかったのである。大剣による戦士の一撃でさえ、傷付けられることがないというのに……。

これが彫れるというマイルと、その武器が異常なのである。

……そして、魔族や獣人に描かせてみたデザイン画は、ダサかった。

『ええい、もういい！　下等生物などに期待した我が愚かであったわ！』

そして、仕方なく自分でやることにしたのであるが……。

自分で考えたデザインは、もっとダサかった。

しかし、後に退けなくなった古竜は、自分で爪と角を彫った。

その結果……。


『『『『『ぶわはははは!!』』』』』

ボロボロでガタガタの爪。

チャチな、しかも歪《ゆが》んだ彫り込みがされた上、彫るときに力加減を誤ったのか、先端部がぽっきりと折れた角。

笑う者、あまりにも気の毒すぎて笑うこともできずに、俯《うつむ》いて肩を震わせる者。

そして、絶望に打ちひしがれた、一頭の古竜……。

その後、自らの身を隠し、マイルに彫りを入れてもらった者達を物陰からじっと見詰め続ける可哀想な古竜の姿が見られるようになったのであるが……。


『……鬱陶《うっとう》しくてかなわんわ！　それに、雌といい雰囲気になってきたと思ったら、物陰からじっとこちらを見詰める奴と視線が合うのだぞ、雰囲気なんか消し飛ぶわ！　何度、悲鳴を上げた雌に逃げられたと思うのだ!!』

怒り心頭の、評議員。

既に寿命の8割くらいは過ぎているが、それでもまだ数百年は残っているのである。まだまだ枯れるような年齢《とし》ではないようであった。

『いや、自業自得じゃろう、あれは……。それに、爪も角も、抜けば生えてくるじゃろう。痛いのが怖くて抜けぬとか、知らぬわ！』

そう、古竜の爪や角は、抜けば新しいのが生えてくるのである。

角は、頭骨と一体化しているのではなく、鹿の角に似たものであるらしい。

勿論、毎年自然に抜けて生え替わるようなことはないのであるが、折れてしまった場合には、根元から抜けば生え替わる。

元々そういう作りなのか、根元からなくなればナノマシンが自動的に治癒魔法で再生させてくれるのかは分からないが……。

爪も同じく、抜けば生えてくる。

なのでマイルは、万一のことがあっても大丈夫だと判断して、彫り物をすることを引き受けたのである。もしこれが、爪も角も二度と生え替わらないものであれば、そう安請け合いはしなかったであろう。

なのであの古竜も、抜けば良いのである。爪も、角も。

しかし、角を抜くのも爪を抜くのもかなりの痛みを伴うことと、次の爪や角が生え揃うまではみっともない姿を晒《さら》すことになるということから、そうする勇気がない、つまり『ヘタレ』なのであった。

まぁ、普通は古竜が大きな怪我をすることはあり得ないため、痛みというものに免疫がない個体が多いこと、そして『爪を抜くのは、すごく痛い』という噂が定着しているため、腰が退《ひ》けるのも仕方ないであろう。

『あまりにも哀れじゃから、特別に、戦士隊が彫ってもらう時に同行させては……』

『駄目じゃや！　こんなことで規則を曲げては示しがつかんし、そのような前例を作れば、それ目当てでわざと同じようなことをする馬鹿が続出するぞ。何せ……』

『うむ。効果がありすぎるからのぅ。雌達からの好感度が上がって、モテるようになることの……』

どうやら、爪と角の飾り彫りは、ニコポナデポ並みのチートらしかった。

『それよりも、問題は、あっちの方じゃ』

『うむ……』

『雌共が、自分達にも爪の飾り彫りをさせろ、とうるさいからのぅ……。アレは、言って聞くような状態ではないぞ』

『おぬしの番《つがい》が先頭に立って騒いでおるのではないか』

『おぬしの娘と孫が、尻馬に乗って騒いでおるではないか！』

『まぁまぁ、そう言葉を荒立てず……』

『何を他人事のように！　おぬしの妹が昨日評議委員会に怒鳴り込んできたこと、忘れてはおるまいな！』

『それについては、既に謝罪したであろう！　それより、族長の娘がしつこく食い下がって大迷惑だそうではないか！』

……どうやら、哀れな古竜に救済措置が取られることはなさそうであった……。

第百六章　旅　路

「アイス・バレット！」

ぶしゅ！


「これで最後ですわね。見落としはありませんこと？」

「はい、付近には角ウサギ《ホーンラビット》以外の魔物や獣はいません」

「では、収納しますわよ」

探索魔法で周囲を確認したモニカの返事に頷くと、３人で倒したオーク４頭をアイテムボックスに収納するマルセラ。

誰が入れても収納先は同じなのであるが、一応、いつ誰に見られるか分からないため、アイテムボックスへの普段の出し入れはマルセラが行うことにしている。

先日皆で決めた通り、３人のうち収納魔法……ということにしている、アイテムボックス……が使えるのはマルセラのみ、ということになっているので、油断して、思わぬところでボロが出るのを防ぐため、普段からそうしておくのは賢明な考えである。

勿論、絶対に安全な場合や、万一の時でも何とか言い逃れることができる場合、たとえば街道を歩いており前後に人影がない時などは、モニカやオリアーナがアイテムボックスから替えの水筒や果物等を取り出すのは許容範囲内となっている。その他、緊急事態においては、状況に応じて規制が緩和、もしくは完全に解除される。

「では、引き揚げましょうか」

「はい。しかし、アイテム……、いえ、『収納魔法』のおかげで、稼ぎが激増ですよね。もう、万一の場合は王都のギルド口座から預金の取り寄せを、なんていう心配はしなくて済みますよね」

モニカが、『アイテムボックス』と言いかけて、慌てて『収納魔法』と言い直した。

そう、常日頃からそう言うようにしておかないと、いつポロリと余計なことを喋ってしまうかも分からないので、『アイテムボックス』という呼び方をするのは、３人だけで、かつ収納魔法と言い分ける必要がある場合……アイテムボックスと収納魔法に関する研究や考察の会話をする時とか……のみ、と決めてあるのであった。

「はい。おかげで、送金手続きの流れを辿って、などという危険は回避できますからね。

……まぁ、ギルドがそう易々《やすやす》とハンターの秘密を漏らすようなことはないでしょうけど、王族相手となると、何重にも安全策を重ねるに越したことはありませんからね」

オリアーナも、モニカの言葉に同意した。

そう、普通は、成体のオーク4頭丸々を森から街まで運ぶなど、屈強な男性ハンターが10人やそこらいたとしても到底不可能である。

オークを狩ることそのものはそう難度が高いわけではないが、いくらたくさんのオークを狩ったところで、討伐報酬はそう高くはない。そしてオーク狩りで一番収入になる食肉販売は、そのごく一部を担いで帰れるに過ぎないため、そう大きな稼ぎになるわけではなかった。

大勢で運べば収入は多くなるが、それを分配する人数が増えるのでは意味がない。

そう、『赤き誓い』が楽に稼げるタネを『ワンダースリー』も手に入れたわけである。

「アデルさんには、いつも与えられ、助けられてばかりですわね。学園の頃から、ずっと……。今回も、何とか今までのお返しを、と思って会いに行きましたのに、清浄魔法、洗浄魔法、そしてアイテム……収納魔法まで……。次にお会いするまでに、何とかしなければなりませんわね……」

困ったような顔でそう言うマルセラに、オリアーナが口を挟んだ。

「で、魔法の威力の方は……」

「「…………」」

マルセラとモニカが黙り込むのも、無理はなかった。

マイルと再会した後に、なぜか3人の魔法の威力が激増していたという、あの謎の出来事。

あの時マイルに教わった新魔法の中には、『魔法の威力を上げる』などというものはなかったのである。マイルからも、それらしいことについては何も説明されていない。

……しかし、このタイミングで、しかも『常識の枠を踏み外した現象』であるから、マルセラ達がこの現象をマイルとは関係ない全くの別件である、などと考えるわけがなかった。

「アデルさんの仕業《しわざ》。しかし、アデルさんは全くそれを認識していない。そんなところですわよね、おそらく……」

「アデルちゃんですからねぇ……」

「アデルだもんねぇ……」

「「「ハァ……」」」

『ワンダースリー』

マイルが出奔するまでの1年少々の間『なんちゃって平民』として学んでいた、母国ブランデル王国の王都にある下級貴族の子女や金持ちの平民が通う学校、エクランド学園。

そこでできた、マイル《みさと》にとっての、前世を含めて初めての友達。

どう見ても悪役令嬢にしか見えないけれど、実は面倒見のいい正義漢、貧乏男爵家の三女マルセラ。

元気な中堅商家の娘、モニカ。

そして奨学金入学の特待生である、田舎の貧乏農家出身のオリアーナ。……真面目で気弱そうであるが、『ワンダースリー』で最も頭が良く、仲間のためであればかなり腹黒い案も提唱する。

アデル《マイル》に常軌《チート》を逸した魔法をいくつか教わることによって政略結婚による望まぬ運命を免《まぬが》れ、恩義と友情のためにアデル《マイル》と共に行動することを目指し、そのための実力を身に付けるべく……そして望まぬ縁談から逃げるべく……修業の旅を続ける、3人の少女達。

3人は、アデル《マイル》と違い、聡明で、常識人であった。

……『あった』。そう、過去形である。

確かに、常識人であったのである。

アデル《マイル》に影響されるまでは……。

＊　　＊

かららん

「『ワンダースリー』、修業の旅の途中ですわ。よろしくお願い致しますわ」

「「「「「……」」」」」

ドアベルの音と共に放たれた、会心の一撃！

そして室内は、静寂に包まれた。

とてもCランクパーティとは思えない、未成年の少女３人。

もし何かの事情で……天才魔術師だとか、剣聖の娘で幼児の頃から英才教育を施されていたとか

……スキップ登録したのだとしても、到底、修業の旅に出るような年齢ではなかった。

そして、その装備や見た目……可愛いとかではなく、体格や筋肉の付き具合、身のこなし等……から、３人共武術に関する才能があまりないということは、一目瞭然であった。

「「「「「………」」」」」

室内の静寂が続いているが、マルセラ達はそれを気にした風もなく、すたすたと買い取り窓口の方へと歩いていった。

……こういう反応には、慣れた。ただ、それだけのことであった。

「常時依頼の納品、お願いしますわ」

薬草や食肉、毛皮等の納品であれば、どこのギルド支部でも大抵は常時依頼であり、事前の受注の必要はない。なので、移動の途中で狩ったり採取したものを次の到着地で納入するのは普通のことであるが、旅の途中は荷物も多く運ぶのが大変なため、そうするのは少量で高価な薬草や稀少な食材か、街のすぐ近くで狩った小動物くらいである。

「……お、おう……」

ここは建物の造りの関係で大物もギルド本館の受付窓口の隣で納入するようになっており、そこの裏口からそのまま裏手の解体場へと廻すようになっているが、勿論、薬草等も同じようにこの買い取り窓口で買い取られる。なので、『ワンダースリー』の人員構成に眼を剝《む》きながらも、採取物を出すよう身振りで促した買い取り担当者であるが……。

どん！

どん！

どどん!!

「「「「「……………」」」」」

買い取り担当者も、そして他のギルド職員やハンター達も、虚空から出現した4頭のオークに、堪《たま》らず叫んだ。

「「「「「『赤き誓い』の同類かっっ!!」」」」」

そう、ブランデル王国の西隣、ヴァノラーク王国の主要街道沿いの街にあるギルド支部は、既にマイル達『赤き誓い』が荒らした後であった……。

「アデルさん達が通られた後ですと、『またか』で済むから、楽ちんですわね……」

そう、『赤き誓い』が立ち寄っていない街だと、『しゅ、収納魔法だと！　それも、何て容量だ！』とか、『うちのパーティに入れ！』とか、色々と面倒なのであるが、『赤き誓い』が滞在したらしき街においては、非常にスムーズに事が進むのである。変なのに絡まれることも、殆《ほとん》どない。

なぜか。

……そして皆の眼が、何だか少し怯えたように見えるのは、おそらく気のせいであろう……。

マルセラ達が買い取り担当者と少し話をしたり、他のギルド職員からこの街周辺の魔物の状況や色々なことについてしばらく話を聞き、ギルド支部を去ったあと……。

「……なぁ、アイツら、『赤き誓い』と違って、全員がまだ未成年の子供で、世間知らずの甘ちゃん揃いじゃねぇか？　うまく取り込めりゃ、あの馬鹿容量の収納持ちが手に入って、俺達の言いなりに……」

そんなことを言い出した男がいたが、同じパーティのメンバーらしき者が、ふるふると首を横に振った。

「あのな、『ワンダースリー』の連中には、収納使いの天然そうな未成年の女、善良そうな顔して実は腹黒そうな巨乳女、そして元気そうなよく喋るちっぱい女がいただろう？」

「……あ、ああ……。それがどうかしたか？」

「『赤き誓い』とよく似た構成だけど、……『ワンダースリー』には、他のメンバーの歯止めとなるパーティの良心、『赤き誓い』のメーヴィスに相当する役割の者がいねぇ。ということは、つまり……」

「「「「大惨事が起こりそうになった時に、ブレーキ役を務めてくれる者がいねえぇぇ!!」」」」

皆、蒼白になり、静まり返ったギルド内。

「しかも、『赤き誓い』は、一応剣士と魔法剣士……何だかよく分からん職種《ジョブ》だが……、とにかく前衛がふたりいる。しかし、アイツらは『魔術師３人』、ただそれだけだ。

……前衛ゼロ、ひ弱で物理的な防御力ゼロの、未成年の魔術師の小娘が３人。ただそれ、いっきり。……あり得るか？　それで、壊滅することなくハンターの仕事が続けられると、お前達、本当にそんな馬鹿な話が信じられるか？」

ぶんぶんぶん！

皆の首が振られた。

……勿論、横に。

「……そうだ。あり得ねぇ。普通であれば、絶対にあり得ねぇ！

でも、奴らは怪我ひとつなく、けろりとした顔で生きてやがる。

「ということは、だ……」

皆が、ごくりと生唾《なまつば》を飲み込んだ。

「……普通じゃねぇ、ってこった……」

愕然。呆然。……そして、何かに納得したような顔。

「そうだ。……おそらく、奴らはアレだ、『赤き誓い』よりタチが悪い。ほぼ、間違いなく……」

静まり返る、ギルド内。受付カウンターのこちら側《ハンター達》も、向こう側《職員達》も……。

そしてこの話が職員を通じてギルドマスターに伝わり、慌てたギルドマスターから『絶対に、あの連中に余計なちょっかいを出すな!!』との厳命が全ギルド関係者に通達されたのであった……。


「……しかし、アデルさん達、各地のギルド支部で、いったい何をされたのかしら……」

「「さぁ……」」

第百七章　獣人の村

「まだ、魔族と獣人の村には行っていませんよねぇ……」

宿の部屋で、ベッドに腰掛けてそんなことを言い出したマイル。

「何よ、また唐突に……」

呆れたような顔の、レーナ。そう、いつものパターンである。

「いえ、私達、ドワーフの村とエルフの村には行きましたよね。あと、私だけだし村に行ったわけじゃないですけど、一応妖精のひとつの村の全住人と会ったことがあるし……」

「獣人も、大勢と会ったじゃないの。あの発掘現場で……」

「あ、いえ、あれは『居住地』ではなく、ただの作業現場じゃないですか。あんなの、ノーカンですよ、ノーカン！」

レーナの言葉を全否定するマイル。

「何が駄目なのよ？」

レーナの問いに、マイルが答える前にメーヴィスとポーリンが声を揃えて答えた。

「ケモミミ幼女がいなかったから！」

そして、腕を組んで、こくこくと頷いているマイル。

「知らんわ、ボケェ!!」

「……というわけで、そのどちらかへの訪問に興味があるんですけど……」

「「「…………」」」

まぁ、いつものことである。

「で、私は『美味しいオカズは最後まで取っておく』というタイプなのと、レーナさんとメーヴィスさんが招待されていることから、魔族の村を先にしたいと考えているのですが……」

「「招待なんか、受けてない!!」」

レーナとメーヴィスが、声を揃えて反論した。

「え？　あの、魔族の女の子が言ってたじゃないですか」

「「…………」」

確かに、あの少女はそれらしいことを言っていた。レーナの方は女の子が勝手に言っていただけであるが、メーヴィスの方は、対戦相手だった男性から正式に依頼されての招待の伝達である。

「行かないわよ！」

「行かないよっ！」

そして口を揃えて否定する、レーナとメーヴィス。

「え～……」

不服そうな声を漏らすマイルであるが……。

「だいたい、あんた、魔族の村がどこにあるか知ってんの？」

「え？　どこか、手近にある村を適当に……」

「「「やっぱり……」」」

マイルの返答に、大きくため息を吐くレーナ達。

「あのねぇ、ヒト種である人間、エルフ、ドワーフは住んでる場所が結構入り交じっているけど、あまり仲の良くない獣人と魔族はそうじゃないのよ……。

まぁ、今は同権だし表向きは友好種族ってことになっているから、商売とかで人間の街に来たり、何かの事情で住み着く者もいないわけじゃないけれど、そんなのは極々一部の者だけよ。大半の者は、人間とは距離を取って、離れた場所で自分達だけで暮らしているわ。

ヒト種側は、昔の戦いで被害を受けたのは兵士や傭兵《ようへい》、危険を承知で街の外へ出た商人とかが中心で、それも戦争期間中の、ごく短期間のことだけど、魔族や獣人側は女子供もみんな、奴隷にされたり殺されたりしていたわけだからね、何百年、何千年にも亘《わた》って、ずっと……。

だから、ヒト種側が抱いている怨みなんか、向こうが抱いている怨みや憎しみとは比較にもならないわよ。

……あんた、先祖同士が凄絶な殺し合いをして、今でも自分達を怨み憎んでいる連中の中で、自分ひとりで暮らしたいと思う？　そんなところで子供を育てたいと思う？」

レーナにそう言われ、プルプルと首を横に振るマイル。

そんな生活を望むのは、真正のドMだけである。

「マイル、今まで私達があまりそういった悪感情をぶつけられなかったのは、相手がそう年配者ではなかったことと、私達が皆、若い女性で、そして強かったからだよ」

メーヴィスが補足説明をしてくれた。

「魔族や獣人の年配者は特にヒト種に対する負の感情が強いけれど、若い者達は、それより少しはマシだ。暗黒時代を直接味わったわけじゃないからな。

……言っておくが、少しマシ、という程度だぞ？

そして、ヒト種を含め、殆どの動物は種族の別に関わらず、子供を可愛いと感じ、守ろうとするものだ。マイルも、相手が魔物であっても、角ウサギやコボルトの幼体は可愛いと感じ、殺しにくいだろう？　獣人や魔族は、人間よりもその傾向が強いらしいんだ。

そして、彼らは強い者を尊敬する傾向がとても強い。

……だから、彼らから見て幼く見えて、女性で、そして彼らを打ち負かした私達は、彼らの庇護《ひご》欲と強者に対する尊敬という本能により、悪感情を抱かれにくい。

矛盾した言い方になるけれど、『最初から揉めて戦ったからこそ、友好的な態度を示してくれた』ってことだ。なので、戦わず、最初から友好的な態度で近付いた場合の方が態度が硬化する。そういうわけで、私達と戦ったわけでもない、ヒト種に対する敵対意識が強い年配者や老人達からは、相当強い悪意をぶつけられると思うよ。

特に、割と単純な性格の者が多い獣人族はまだしも、魔族はねぇ……」

「「「あ～……」」」

「それに……」

今度は、ポーリンが。

「獣人達は、あまり人間が近寄らない地域の森の中とかに、つまりエルフの里みたいな立地条件のところに小規模な村を造って住んでいますから、まぁ、人間が住んでいるところからそう極端に遠く、ってわけじゃないです。自分達で国を造っているわけではなく、人間の国の一部に住んでいるだけですからね。……税とかは納めていませんけど……。

それに対して、魔族はこのあたりから遠く離れた、この大陸の北端あたりを中心に住んでおり、そのあたりは人間の居住地域との間を走る大きな山脈によって隔てられていますからねぇ。

別に絶対に越えられないというようなものではないですけど、馬車が越えるにはかなりの苦労が強いられるから、余程の理由がない限りはそれを越えようとする者はいませんよ。たとえ冒険心溢れる若手商人とかでも……。

それに、違法な奴隷狩りの連中とか魔族殲滅《せんめつ》主義者の襲撃とかに備えて、強固な防衛態勢を整えていますからね。武装して近付いた者は、即、捕らえられて武装解除ですよ。

そのまま引き返すと誓えば身柄は解放してくれますが、真っ直ぐ帰るのにギリギリ足りるだけの食料と水以外は没収されます。……勿論、武器防具も……」

「武装せずに山脈越えで帰投なんて、できるはずがないでしょうが！　オークやオーガどころか、コボルトやゴブリン、下手すれば角ウサギの群れにでも全滅させられちゃうじゃないの！」

レーナの言葉に、こくりと頷くポーリン。

「……だから、誰も行かないんですよ」

「「「なるほど……」」」

魔族も、ヒト種が作る武器や道具、食材その他が全く欲しくないというわけではないだろう。

しかしそういう場合は、自分達が人間の街へ買い入れに行くらしい。

別にそうあからさまに排斥《はいせき》されるわけではないし、見た目が人間に近い者であれば、髪や帽子等で角を隠せば、買い物くらいは問題なくできるのであるから……。

「……じゃあ、獣人の村が先ですか。どこか、適当な村を見繕って……」

「どうして獣人の村へ行くことが決定してるのよ！」

「「たはは……」」

怒鳴るレーナと、呆れた様子のメーヴィスとポーリン。

いつものことであった。そう、いつもの……。


「……で、調べた獣人の村の場所なんですが……」

「しつこいわよっっ!!」

翌日、地図らしきものを持って話を蒸し返したマイルに、激おこのレーナであった……。

＊　＊

「これを受けましょう！」

2日後。

ギルド支部の依頼ボードから1枚の依頼票をむしり取って、皆に差し出したマイル。いつもは、そっと丁寧に剝《は》がすのに……。

表情は平静を装っているが、態度が少々おかしい。

……眼が泳いでいるし、鼻がヒクヒクしている。

少し怪訝《けげん》に思いながらも、レーナ達がそれに目を通すと……。

【討伐依頼　討伐対象：違法奴隷狩り一味　依頼主：タリカン村（獣人族の村）】

「「「そんなことだろうと思った……」」」

「……しかし、どうしてヒト種にこんな依頼を？　獣人って、誇り高くて腕自慢なのでしょう？　こんな依頼をヒト種のギルドに出すなんて、何だか違和感が……」

「それはだな……」

マイル達の話を聞いていたらしい年配のハンターが、後ろから声を掛けてきて、説明してくれた。

「獣人を奴隷として狩るなんざ、亜人大戦終結時の基本合意事項、締結された条約に真っ向から喧嘩を売る行為だ。それをやめさせるのに、自分達が血を流す必要はない、ってことらしい。……つまり、ヒト種側《そっち》で責任持って対処しろ、ってこった」

「え？　でも、依頼元が……」

「そりゃ、領主に文句言ってきたのは向こう側だし、仕事の前の打合せとかは連中とやらなきゃならんねぇから、そうするしかねぇだろうが。

そういう事情だから、依頼金は領主から出る。だから、金額は渋いぞ……」

「「「あ…………」」」

「勿論、奴隷狩りの連中はその領どころか、この国の者ですらない。獲物を捕まえれば、さっさと国境を越えてトンズラさ。

当たり前だよな、そんな危険行為をされちゃ領主も王宮の連中も堪んねぇから、全力で組織の叩き潰しにかかるからな。

その点、他国の者にとっちゃあ、そんなこたぁあんまり関係ねぇ。

亜人大戦の二の舞になるようなことはさすがに看過しねぇだろうが、獣人側も、これは国家レベルじゃねぇ単なる犯罪組織の仕業だと分かってるから、そこまでにはならねぇよ。

だから、他国の貴族や王族達は自分の国以外で揉め事が起こってその国の国力が低下すれば自分達の利になる、と考えて、他所《よそ》で起きた犯罪行為についちゃ、知らん振りさ。それどころか、貴族や金持ち連中は狩られた獣人を買ったりしてやがるぜ。

……まぁ、確かに猫獣人とか兎獣人、狐獣人とかの女は……、ヒイッ！」

「そおぉうですかぁ……。そおぉうなんですかあぁ……」

「「「あ～……」」」

((((((あ～……))))))

「これ、お願いします」

まだマイルが怒りに震えている間に、さっさと依頼票を受付窓口に提出したメーヴィス。

そして、レーナ達と同じく、ギルド従業員や他のハンター達の、犯人達に対する想いはひとつであった。

((((((百万回死んだねこれ！))))))

「そういうわけでぇぇ、この依頼を受注したわけなんですけどおぉ……」

こくこくこく！

必死で頷く、少し顔色の悪いレーナ達。

……そう、あれからずっと、マイルの不機嫌が続いているのである。

「さ、さっさと片付けるわよ！」

こくこくこく！

マイルの言葉を遮ったレーナに、再び必死で頷くメーヴィスとポーリンであった……。

＊　＊

「……ということで、やってきたわけなんですが……」

既に、マイルの機嫌は完全に直っていた。

奴隷狩りというか、誘拐というか、とにかくその犯罪者連中に対する怒りが収まったわけではないが、憧れの、そして夢の『もふもふランド』、ケモミミ幼女達の楽園を目の前にした希望と喜びがそれを遥かに上回っているからである。

「そろそろ、案内の人が……」

そう、このような状況で、獣人の村が無防備であるわけがない。ちゃんと事前に通達して案内の者に先導してもらわないと、いつどこから槍や矢、投擲《とうてき》された石等が飛んでくるか分からない。

そして勿論、罠や道を迷わせるような仕掛けもされているであろうし……。

わざと本道を細く、支道を太くしたり、直線路がフェイクで本道は横に逸れる方の細い道であったり、よく似た枝振りの木や同じような切り株を配置して同じ場所をぐるぐる回っていると錯覚させたりと、混乱させたり方位感覚を失わせたりする方法など、いくらでもある。

なので当然、案内の者を用意するようギルドから連絡が行っているはずなのであるが……。

「おぅ、やっと来たか……、って、お前達は！」

「「「あ……」」」

何と、案内人として待っていたのは、顔見知りの相手であった。

「「「古竜の時の人……」」」

そう、以前にも案内役をしてくれた獣人であった。

「いつも案内役担当なんですね……」

「マイル、失礼だよ！　いくら下っ端仕事しかさせてもらえないからって、仕事に貴賤《きせん》は……」

メーヴィスが、無自覚にマイル以上の暴言を放った。

「うるさいわっ！」

悪気はない。悪気は全くないのである……。

「この国の王都近くで繋ぎ役を務めるなら、この国の村の者が指名されるのが当たり前だろうが！　そして俺は王都付近にも詳しいし、猟師だから単独行動や野営に慣れているし、魔物が出ても倒したり逃げたりできるから適任なんだよ！　適材だから選ばれてるんだよ、案内役しかできないわけじゃなくて、何でもできるからなんだよ！

そして今回は、俺が住んでる村なんだよ、ここが!!　はぁはぁはぁ……」

何だか、ムキになってそう怒鳴りつける獣人男性。

どうやら、結構ダメージが入ったようである。

「……まぁいい。お前達なら、実力には問題ない……というか、やりすぎるな。古竜様方から、お前達については色々と注意事項を説明されているから、お前達の正体は知っている」

「「「「…………」」」」

本当であれば、『何よ、ソレ！』と怒鳴るところであるが、何やら身に覚えがあったのか、黙って俯く『赤き誓い』の４人であった……。

＊　＊

「ここだ」

案内なしでは到底辿り着けそうにないトリック的な道を案内されて、ようやく獣人の村に着いた『赤き誓い』一行。

（私なら、上空からの偵察とか臭跡を辿るとかで、ひとりでも到達できそうな気がしますね……）

マイルがそんなことを考えていると、レーナが突っ込んだ。

「あんたなら、邪悪な欲望の力だけで辿り着けるわよ。『こっちから、ケモミミ幼女の匂いが！』とか言って……」

「ど、どうして、私が考えていることを……」

「「「分からいでかっ‼」」」

どうやら、全員に読まれていたようであった……。

村の入り口……別に村全体が柵で囲われているというわけではないが、単に森から続く細い道がそのまま村に入るところ……に、ひとりのやや年輩の獣人が立っていた。

「御苦労。あとは俺が案内する」

どうやら、『赤き誓い』に状況を説明する側、つまり村の役職者らしかった。案内役の猟師の出番は、ここまでのようである。

タイミングよくここで待っていたのは、当然、こんな事態の最中なのであるから村の周囲には何重もの警戒線というか索敵線というか、奴隷狩りや魔物に備えた見張りがおり、その連中から『赤き誓い』一行の接近を知らされていたのであろう。

「お前達のことは、ギルドの者から書状により説明されている。我らは女子供を戦いの場に出すことは好まぬが、例外もあるし、他の種族の男が、自分達は後方に引っ込んで女子供に戦闘を押し付けようが、別に文句は言わん。それは、それぞれの種族の勝手だからな。

我らはただ、戦いの場に出た者の勇気と、その実力を見せてもらい、評価するのみ。

人間共が我らを謀《たばか》って捨て駒の弱者を送り込んできたのではないことを祈っているぞ。お前達と、そしてこの国の人間共のためにな……」

『赤き誓い』の案内の引き継ぎを済ませたものの、まだその場を離れていなかった猟師の獣人が、出迎えてくれた獣人の台詞を聞いて、必死で顔の前でパタパタと手を振って『やめろ！』と合図していたが、『赤き誓い』を睨み付けながら御高説を賜っている獣人には全く気付いてもらえてはいなかった。

そして、それに気付いていた『赤き誓い』一同は、気の毒そうな顔をするのみであった。

そう、古竜達から『あの連中には手出しするな』と言われてはいても、この村でその『あの連中』の顔や匂いを知っているのはこの猟師の男だけなのであるから、それは仕方のないことなのであった……。

＊　　＊

「早く言わんかああああぁ～～!!」

人間達がこの村からの苦情、いや、警告を舐めてかかり、新米の、しかも未成年の子供を含む若い女のハンターパーティを捨て駒として寄越《よこ》した。そう思って、皮肉と嫌みを込めて警告したところ、森の入り口からここまでの案内役を務めた猟師にいきなり自分の腕を摑《つか》まれて数メートル引っ張られた。その非礼を咎《とが》めようとしたところ、小声で驚愕の事実を告げられ、思わず叫び声を上げてしまった獣人の男。

「こ、こいつらが、古竜様が一目置いているという、わざわざ『手出しするな』との回状を廻された、あ、あの……」

「……ああ、あの、『赤き誓い』だ」

「あわわわわ……」

人間達は、この村の現状通知を舐めてかかるどころか、その最大戦力を派遣してくれていた。

それを知って、慌てる獣人。

急いで『赤き誓い』の許《もと》へと駆け戻り……。

「よく来てくれた。歓迎する！」

（（（私達について、どんな情報が出回ってるんだよ!!）））

あまりの態度の急変に、思わず心の中の声が一致するレーナ達であった……。

＊　　＊

「……というわけだ」

村長の家で、詳細説明を受けた『赤き誓い』一同。

何となく村長の家まで遠回りして案内されたような気がしたが、おそらく、時間稼ぎをしている間に猟師の男が先回りして村長の家へ急行、集まっていた者達に『赤き誓い』のことを説明したに違いない。

『赤き誓い』が着いた時には、この村としては貴重な高級品であろうと思われる甘味がお茶請けとして用意されていたのであるが、普通であれば、人間共の尻拭いのために派遣されたハンター如きに、しかもこんな小娘達に対してそのような歓待をするわけがない。

そして勿論、それを察した『赤き誓い』の４人は、高価であろうその甘味を平気で貪《むさぼ》り喰ったのであった。少し悲しそうな、村人達の眼を気にすることもなく……。

「……で、その奴隷狩りというか誘拐犯というか、そいつらは幼児しか狙わなくなったというわけなのね……」

そう、今聞いたのは、そういう説明であった。

初めのうちは、すぐに働かせられる……仕事的にも、夜伽《よとぎ》的にも……若い男女を狙っていた悪党《あくとう》達は、現在は、年端も行かぬ幼児しか狙わないらしいのである。

理由は簡単。

獣人はその習性として、ある程度以上の年齢の者達は、自分の命よりも、『群れ』全体の利益を優先するようになる。

なので、捕らえられた者達は、逃げられないと判断した場合、自分の命は諦めて、群れを守るべく最適の行動を選択するのである。

……つまり、『悪党共を潰すための、自爆攻撃』である。

売られた後に、買い主の隙を見て殺す。

買った本人、その妻子、訪問客、その他諸々を……。

素手であっても、従順そうな振りをして油断を誘い、指で目玉を抉《えぐ》り出して脳まで突っ込むとか、皿を割ってその破片で頸動脈《けいどうみゃく》を掻き切るとか、やりようはいくらでもある。

また、夜間に放火、毒物になり得る物質を食べ物に混入、料理をこっそりと床に擦りつけて病気の誘発等、様々な方法がある。

そして、それらが成功しようが失敗しようが、捕らえられて拷問されれば、簡単に白状するのである。『私を捕らえて売った奴隷商人達に、家族を人質にされてこうするように命令されました』と……。

敵の多い貴族や金持ち連中は、奴隷商人が敵対派閥の者達に買収されたと考え、反撃に出る。

とりあえず、自分達を殺させようとした奴隷商人達を捕らえ、依頼人の名を吐かせるために拷問するところから……。

そうして、何人かの奴隷商人が悲惨な死を遂げたため、残った奴隷商人達は方法を変えたのである。そのような自爆攻撃を覚える前の幼い子供を攫《さら》うという、安全策に……。

すぐに重労働をさせることはできないが、ペットとして、そして獣人奴隷を持っているというステータスとしては問題ないし、獣人はすぐに成長する。しっかりと奴隷としての自覚を叩き込み、数年後には従順な奴隷として仕事をさせることができるなら、数年間くらいの飼育は大した手間ではない。その間も普通に働かせるし、最低限の餌しか与えないのであれば、そう大した費用がかかるわけでもないのだから。

……そういうことであった。

「……で、前回からの間隔から考えて、そろそろまた来る頃だってことね……」

先程から、不気味な笑顔で『そおおぅですかあぁ……。そおおぅなんですかあぁ……』と呟き続けているマイルの様子に顔を引き攣らせながら、レーナが話を締め括《くく》った。

「しかし、今の話じゃあ、昔いくつかの誘拐犯達を破滅に追いやったのに、誘拐犯を根絶できなかったということだよね？　じゃあ、今回犯人達を捕まえても、また別の連中がこの犯罪《ビジネス》に参入するんじゃあ……」

「いくら実行犯を捕まえても、いたちごっこですよね……」

「しかも、幼い子供を狙って洗脳教育とか、手口が更に悪化してタチが悪くなってるじゃないの！　ちゃんとした自我を確立した後なら、たとえ奴隷にされようとも獣人としての信念やプライドを持って生きていけ、いつか自由を手に入れることができるかもしれないけれど、そんなに幼い頃から完全に洗脳されて奴隷根性を植え付けられちゃあ……。

それに、このままじゃ子供をみんな攫《さら》われて、村が存続できなくなっちゃうじゃないの！」

メーヴィスとポーリン、そしてレーナが言う通りである。

「それに、いくら実行犯を捕らえようが、末端の実行犯なんか、いくらでも湧いてくるわよねぇ。

そこに、美味しい稼ぎ場がある限り……。

そして何らかの対策を考えても、昔、捕まった獣人達の自爆的反撃によって誘拐する対象を幼い子供達に変更したように、また向こう側がそれを回避する方法を考えるだけよね。たとえば、村人全員を捕らえて繁殖場……、『獣人牧場』を作るとか……」

レーナが、何だか怖いことを言い出した。

いずれにしても、村の未来は暗く、どんどん危険が増していくばかりのようであった。

「じゃあ、『美味しくなくなればいい』ってことですよねぇ……」

「「「ひっ！」」」

マイルが、ぼそりと呟いた。

……悪鬼の如き、邪悪な顔で……。

＊　＊

「……というわけで、いらいら……、いえ、『依頼』の遂行です！」

『依頼の遂行』というより、『イライラの解消』といった方が良さそうな、マイルの顔。

『依頼』と『イライラ』。「ラ」がひとつ多いだけであるが、大違いであった。

……主に、ターゲットの運命的に……。

「とりあえず、広範囲探索魔法で索敵しています。敵が接近すれば、すぐに分かります」

「「「…………」」」

元々、マイルの探索魔法は桁外れである。その精度も、探索可能範囲も……。

なのに、マイルがわざわざその前に『広範囲』という言葉をつけた。

（（犯人達がこの森に入った瞬間に分かるんじゃね？））

それも、おそらく距離的な問題ではなく、『森の外は、人間が多くて犯人かどうか判別できない』というだけであって、人間の存在そのものは探知できるのであろう。

……マイルが、本気を出している。

それだけはよく理解できた、レーナ達であった。

なので、とりあえず、やることがなかった。

この森に入った瞬間からマイルの探索魔法に引っ掛かり、常にその位置をトレースされるのであるから、怪しい奴はすぐに分かる。誘拐犯が、たまたまこの森に入っただけの採取や狩猟目的のハンターや周辺の村の住人達と似たような動きをするはずがないので、直接視認するまでもなく、簡単に判別できるであろう。ここに到達する、遥か以前に。

……つまり、警戒したり見張りをしたり、ましてや索敵行動に出るような必要は、欠片もない、というわけであった。

マイルの様子に、困惑した顔でレーナを見るメーヴィスとポーリンであるが……。

「……分かってるわよ！　でも、今回ばかりは仕方ないでしょ！

イージーモードは私達『赤き誓い』のためには良くない、って分かっちゃいるけど、あの状態のマイルを止めるのは難しいし、もし、もし万一、獣人の子供が誘拐犯達にほんの少しでも、……そう、ほんの０．１ミリのかすり傷でもつけられたら……」

「「「相手は、死ぬ!!《エターナルフォースブリザード》」」」

反射的に、マイルの『にほんフカシ話』によく出てくる即死魔法の名を口にしてしまった３人であった……。

＊　　＊

「どうやら、来たようです……」

『赤き誓い』は獣人の村に腰を落ち着けて、子供達と遊んだり、探索魔法を使ったり、子供達と遊んだり、村の周辺でお金になりそうな上位ランクの魔物を狩ったり、子供達と遊んだりしながら、のんびりと休暇のような日々を過ごしていたのであるが、遂に目標《ターゲット》が現れたようである。

……ちなみに、薬草や高価な食材等の採取は行っていない。マイルの探索魔法でそれらを根こそぎ掻っ攫われたのでは大迷惑であろうから、ポーリンの猛反対を押し切って、レーナとメーヴィスがそれらの採取禁止を決定したのである。マイルも、勿論その判断には異議はなく、膨れるポーリンのことはスルーされた。

「……私の至福の刻《とき》を邪魔するとは、不届き千万《せんばん》！　成敗してくれます!!」

そしてマイルは、既に当初の目的を完全に忘れ果てていた。

仕方ない。マイルが子供達の相手をするのを大人達が（政治的な配慮により）止めなかったため、調子に乗ったマイルが『ここはケモロリ天国ですかっ！』、『ケモショタ天国ですよっっ!!』などと意味不明な叫び声を上げ、やりたい放題だったのである。

マイルのアイテムボックスの中には、常に猫の餌とマタタビの小枝と小鳥の餌と子供用のお菓子が大量に用意されている。いつ『素敵な出会い』があってもいいように……。

そして今、マイルはその『子供用のお菓子』を大盤振る舞いしていたのである。

更に、マイルは大人達にも大量のお菓子を提供していた。

子供達と遊ぶのに文句を言われないようにとの賄賂《わいろ》代わりでもあったが、先日、お茶菓子として出されたお菓子……この村にとっては、かなりの貴重品であったはず……を遠慮なくみんなでバクバク食べてしまったことに、どうやら少し罪悪感を抱いていたようである。

マイル達であれば、あれくらいのお菓子はいつでも買うことができるし、マイルが本気を出せば自分で作ることもそう難しくはない。

なのに、そういうものは滅多に食べられないであろう村人達の貴重な品を自分達が食べてしまったことを、少々気にしていたのであろう。

……とにかく、自分に纏《まと》わり付き、お菓子をせがむ子供達。

マイルが、この至福の時間を邪魔する者達を許すはずがなかった。

なので、今のマイルは相手が『誘拐犯だから』ではなく、『自分のもふもふ天国の邪魔をした』という理由で怒り狂っていた。

……誘拐犯達にとっては、いい迷惑であった。

「よし、明らかに狩りや採取とは異なる動きで、周りを警戒しながら真っ直ぐこの村に向かってきています。間違いありませんね。

村の皆さんの警戒網にも引っ掛かるでしょうけど、戦いになれば村の人にも被害が出ますから、発見しても手出ししないよう念押しをしておきましょう」

「分かった！」

勿論、事前に村長や村議会の人達を通じて根回しはしてあるけれど、如何《いかん》せん、獣人は短気で直情型の者が多い。事前に説明されたことを忘れ果て、警戒員達が誘拐犯に襲い掛かることは充分に考えられる。

なので、メーヴィスが即座に村長の家へと向かった。

使い走りというわけではなく、この村の最上位者にひとりで話をしに行くのであるから、ここは当然、『赤き誓い』で最年長、かつ見た目が一番立派な、パーティリーダーであるメーヴィスの役目である。

……というか、この役目をレーナとかに奪われれば、さすがにメーヴィスも少しヘコむであろう。

時間は、まだ充分余裕がある。

というか、ありすぎた。

今から警戒員達のところへ連絡員を派出するには、充分すぎるほどの時間があった。そして、

『赤き誓い』の出番までも……。

＊　　＊

「……ん？　これは……」

森を歩いていた8人の男達のうち、先頭にいたリーダーらしき者が立ち止まった。そして、それに続いて、他の者達も立ち止まる。


え〜ん、え〜ん……


「子供の……、泣き声？　しかも、ふたり……、いや、2匹か？」

少し怪訝《けげん》な顔をしていたリーダーは、その声が幼い少女達の泣き声だと分かると、にやりと笑みを浮かべた。

「迷子か何かか？　はは、これから村の大人達にバレないように、いかにして子供を確保するかという最大の難関を迎えようとしていたっていうのに、こんなに簡単にいっていいのかよ……。

ツイてるぜ、今回は！

労なくして牝《めす》を2匹確保できれば、後は、気付かれる前にさっさと逃げ出すだけだ。うまくすりゃ、戦うことなく逃げ切れるかもしれないぞ。こんな幸運、そうそうあるもんじゃねぇぜ。

女神の御加護、我にあり、ってとこだぜ!!」

上機嫌のリーダーと、その言葉を聞いて笑みを浮かべる男達。

皆、腕に覚えのある者達ではあるが、戦いは時の運。それも、相手が身体能力に優れた獣人達、しかも怒り狂って自分の命も惜しまず襲い掛かってくる者達とあっては、お荷物の子供達を抱えて、無事、無傷で逃げ切れるとは限らない。

それが、誘拐してから気付かれるまでにかなりの逃走時間が稼げるとなれば、笑みのひとつも浮かぼうというものである。

リーダーが獲物の少女達を『牝』だとか『2匹』だとか言っているのは、勿論、『獲物達は人間ではなく、ただの野生の獣に過ぎない』ということを殊更《ことさら》に強調するためである。

そう、相手はヒト種ではなく、ただの動物。なので、自分達は何も悪いことはしていない。ゴブリンやコボルトを狩るのと同じこと。……そういう理論なのであった。

勿論、昔の協定に基づいて、獣人に手出しすることはヒト種全ての法で厳しく禁じられている。なので、法とは関係なく、少しでも自分達を正当化して罪悪感を減らそうとしているだけなのであろう。元々、罪悪感など欠片も抱きそうにない連中ではあるが、さすがに幼い子供を誘拐するというのは気が咎《とが》めるのであろうか。

そしてその理論による自己正当化の主張が、官憲、そして『赤き誓い』に対して通じるかどうかは、女神のみぞ知る……。

「いいか、俺達は、『たまたま迷子の子供達を見つけた、優しいハンターのおじさん達』だ。獲物が自分の足で歩いてくれるなら、こんなに楽なことはないからな。そして怪しまれて自分で歩かなくなったら、ふん縛《じば》って担いでいく。それまでは、うまく話を合わせろよ！」

誰が『優しいおじさん』だよ、と噴き出す者もいたが、皆、概《おおむ》ね作戦は理解したようであった。

何しろ、自分達の命と以後の労力の多寡《たか》が懸かっているのだから、悪党達なりに、結構真剣なのである。

「……よし、いたぞ！　って、あれ？　少しデカくないか？　あれって、12～13歳くらいなんじゃあ……」

「大型の動物系なら、幼くても結構デカい場合があるだろうが！　迷子になって泣いてるくらいだから、かなり幼いはずだ。いいから、とりあえず確保しろ！」

小声で遣り取りした後、怪しまれないように、堂々と正面から姿を見せる男達。

「おや、迷子かな？　あ、怖がらなくていいよ、俺達はハンターだ。珍しい獲物を求めて森の奥へ行くのを専門にしている高ランクハンターなんだよ。

村への帰り道が分からなくなっちゃったのかな？」

この連中は悪党ではあるが、悪党がみんなヒャッハー面《づら》をしているというわけではない。このパ

ーティのリーダーは、一応は普通っぽい顔をしていた。……メンバーのうち3人は、かなりの悪党面であったが……。

（ネコミミ？　猫獣人にしては身体が……、いや、虎か豹の系統か？）

その少女達は、猫獣人ならば12歳前後であろうが、虎獣人か豹獣人であれば10歳未満ということもあり得る。それならば、許容範囲内である。

そして、ふたりの獣人少女の胸のあたりを見る男達。

「「「「「よし、10歳未満だ！」」」」」

ぴしっ！

どこかで、何かにヒビが入った。

そう、今、この男達はサインしてしまったのである。

……自らの、死刑執行命令書に……。

「お、おおお、おじさん達は、ハ、ハンターなの？」

「む、むむむ、村に連れていってくれるの？」

怒りを抑えるのに必死のふたり、レーナとマイルは、男達には『怖がって震えている少女』にしか見えなかった。

……そう、村の少女から借りた服を着たふたりが頭に着けているのは、マイルが心を込めて作った『人工ネコミミ』である。モデルにしたのは、勿論、宿屋の看板娘、ファリルちゃんである。マイルは、ファリルちゃんのネコミミならば寸分違《たが》わず再現することができるのであった。

「ああ、勿論、村まで連れていってあげるよ。こっちだ、さぁ、ついてきなさい！」

そう言って男が招く方向は、勿論村の正反対である。

しかし、ふたりは素直に男達についていった。

そして、しばらく歩いた後……。

「あれ？　こっち、村の方角じゃないよ？」

「本当だ！　ここ、森の外側へ向かう小径《こみち》だよ。ほら、あの大木が並んでいるところが……」

少女達が立ち止まって騒ぎ始めたのを見て、大笑いする男達。

「ははは、気付《く》くのが遅《おせ》ぇよ！」

「ここまで来りゃ、ひと安心だな。心配するな、お前達にはお金持ちの御主人様の許での結構いい暮らしが待ってるんだからよ。あんなド田舎での生活や、俺達みたいな危険と背中合わせのヤクザな生活よりはずっとマシな生活ができるんだから、幸せなもんよ。

……いや、皮肉とかじゃなくて、マジの話な！」

確かに、この男が言うことにも一理ある。

……しかし、だからと言って、奴隷狩りが許されるわけではない。

「……ねが～……」

「ん？　何だ？」

少女のひとりが口にした言葉が聞き取れず、そう聞き返したリーダー。

そして、ふたりの少女が両眼をくわっと見開き、不気味な顔で呟いた。

「悪い子はいねが～……」

「ワインはビネガー……」


「な、ななな……」

「何だ、テメェら！」

つい先程まで怯えていたはずの、獣人の子供達。

それが今は、不気味な顔で意味不明な言葉を呟いている。

男達が不審に思うのは当たり前であった。

「誘拐犯であることの自供、戴きました……」

「私達の身体に対する、この上ない侮辱も、戴きました……」

「判決は？」

「「死刑!!」」

何やら、腰を捻《ひね》って両手の人差し指を同じ方向に向けたおかしなポーズで、物騒なことを言っている小娘達。

しかし、気味が悪いものの、10歳前後（と思われる）の獣人《ケダモノ》の子供など、荒事に慣れた自分達にとっては赤子同然。いくら人間の子供より素早くて力があるとはいっても、所詮は子供である。

そう思って、捕まえて縛り上げようとしたところ……。

「イデデデデデ！」

少女の腕を掴もうとして伸ばした右手を掴まれ、ねじ上げられた。

「放しやがれ！　くそ、虎か何かの、馬鹿力系の獣人か！　イテ、イテェってばよォ、や、やめ、放せエェ!!」

無謀にもマイルを力尽くで捕らえようとした男が悲鳴を上げ……。

「くそっ、おとなしくしねぇと、このガキが……」

そして、レーナの襟首を掴もうとした男が……。


どすっ！


「ぎゃあああああ!!」

伸ばした右手の甲を貫かれた。

……小さな千枚通しのような暗器によって。

別に、魔術師だからといって、魔法でしか戦ってはいけない理由はない。

それどころか、近接戦闘において身を護るために杖を持っているのであるから、対人戦を控えている時には、更に隠し武器として暗器の類《たぐ》いを忍ばせておくのは、肉体言語が苦手である後衛職の者にとってはごく当たり前のことであった。

レーナが常に左手首と肘の間に装着しているそれを使う機会が今まで殆どなかったのは、ただ単に、それを必要とする程の危機に陥ることがなかったか、危機に陥った場合でも、そんなものを使ってもどうしようもない場合……相手が古竜とか……ばかりであったためである。

なので、使うべき状況になれば、腕を少し捻るようにした特殊な振り方をして留め金を外し、一瞬の内にそれを掌に収めることができるのであった。

「て、テメェら……」

様子がおかしい。

ようやく、それに気付いたらしき男達。

本来であれば恐怖で泣き出しているはずの子供達が、あり得ない反撃を行い、そして不気味な嗤《わら》いを浮かべている。これでおかしいと思わなければ、馬鹿であろう。

「三途《さんず》の河原を引き回し……」

「冥土《めいど》へ追放、」

「地獄へ遠島、」

「「申し渡す!!」」

マイルのにほんフカシ話に毒されたレーナは、『いつか言ってみたい台詞、No．8』をこなすことができて、満足そうに、むふー、と鼻息を吹き出していた。

……ちなみに、レーナの『いつか言ってみたい台詞、No．1』は、『お願い、私のために争わないで！』である。

以前、その台詞をマイルに先を越された時には、かなり荒れた。

但し、マイルがその台詞を言った相手がレーナ達と『ワンダースリー』であり、共に女性であったため、事無きを得た。

これが、男性相手の台詞であったなら、どうなっていたことか……。

「じゃかましいわっ！　お前達、一斉に飛び掛かって取り押さえろ！」

「「「「おおっ！」」」」

リーダーと、マイルとレーナに手出ししたふたりを除いた、残りの5人が一斉にマイルとレーナに襲い掛かった。

そして、マイルが腕を捻って押さえ込んでいた男を連中の方へ突き飛ばして……。

「「ホット・トルネード！」」

「「「「「「「**ぎゃあああああああ〜〜!!**」」」」」」」

ホット魔法をポーリンに伝授したのは、マイルである。

そしてそれを見ていたレーナも、魔力消費が少なく、大勢の敵を殺すことなく一瞬で無力化することができるその魔法には興味津々《きょうみしんしん》であったため、勿論、ポーリンと一緒に学び、マスターしている。

なので、攻撃は怒りに燃えたマイルとレーナのダブル・ホット・トルネードとなり、誘拐犯……というか、奴隷狩りの一味は、あっさりと無力化され、捕らえられたのであった。

＊　＊

「……というわけで、コイツらが犯人なわけですが……」

捕らえた8人の奴隷狩りの男達を村に連れ帰り、村人達に引き渡した『赤き誓い』。

捕らえられる前に、自分達で奴隷狩りであることを白状したわけであるから、証拠も何も必要ない。そして、もし自供していなかったとしても、状況証拠だけで充分であった。

……何しろ、『赤き誓い』は、ギルドを通した正式な依頼によって指定された対象を捕らえ、依頼主に引き渡しただけなのであるから。あとのことは村人と男達の間でのことであり、『赤き誓い』が関与したり責任を負ったりする問題ではない。

そして、人間の正式な司法機関……領主やその部下、王宮の司法部門等……によることなく、この村の者達が勝手に取り調べ、そして勝手に処罰しても、何の問題もない。獣人達は、『人間の法律に縛られる、「ヒト種」』ではないのだから。

そう、獣人に殺されるのは、ゴブリンやオークに捕らえられ、殺されるのと同じ扱いである。

そして、ゴブリンやオークと違い、獣人達はハンターや兵士達によって駆除されることはない。

『亜人大戦』終結時に結ばれた、古《いにしえ》の約定《やくじょう》に従って……。

……つまり、『やりたい放題』であった。訊問も、拷問も、……そして処刑も。

そこに、公正な裁判とかは必要ない。

そして当然、捕らえられた男達も、それくらいのことは知っている。

「御苦労じゃった。では、今までに攫われた者達のこと、売った相手のこと、そして親玉のことを喋ってもらおうかのぅ。

おーい、油は煮立っておるか？　鉄串は真っ赤に焼けておるか？」

笑顔で厨房の方に向かってそう声を掛ける村長。

そして、『はーい！』と返ってきた返事に、男達は蒼白の顔を引き攣らせて……。

「ぎ」

「ぎ？」

「「「「「「「**ぎぃやあああああぁ～～!!**」」」」」」」

そして、全てを吐いた奴隷狩りの男達の前で油淋鶏《ユーリンチー》とオーク肉の鉄串焼きを食べながら、これからのことを話し合う村長以下村の役員達と、『赤き誓い』。

勿論、拷問などは行われていない。

先程のアレは、村長が、食事の支度《したく》が進んでいるかどうかを厨房に確認しただけである。

……その後、なぜか男達がぺらぺらと簡単に囀《さえず》ってくれたのは、不思議であった。

「ホント、不思議ですよね～」

にやり
マイルの言葉に、邪悪な笑みを浮かべるレーナ達であった……。

＊　　＊

「……というわけで、受けた依頼は終えたわけですが……」

そう言いながら、レーナ達の顔色を窺《うかが》うマイル。

「馬鹿ね。決まってるでしょ！」

「ああ、こんな中途半端なところで終えて、スッキリするもんか！」

「大勢捕らえた方が、犯罪奴隷の売却益の取り分が増えますからね！」

そして勿論、マイルの望みを優先してくれるレーナ、メーヴィス、ポーリン。

今回捕らえた連中は、獣人達が人間側に引き渡してくれるかどうか、分からない。もし引き渡さずに自分達で『処理』するつもりであれば、当然のことながら、犯罪奴隷の売却金は発生せず、勿論『赤き誓い』の取り分もない。なので、ポーリンの眼はマジであった。

「村長さんに聞いておきました。これが、最近姿が消えた子供達のリストです。

この3件の内の1件は連れ去られるところをふたりの村人が目撃して戦いになったそうですが、向こうの人数が多かったために逃げられたそうです。それで、他の2件と合わせて、誘拐事件だということが判明したそうです」

「もし目撃されていなければ、事故や迷子、あるいは魔物に襲われたとか思われて対処が遅れ、もっと多くの被害者を出していたかもしれないね……」

手回し良く調査結果を報告するポーリンと、それにコメントするメーヴィス。

確かにメーヴィスが言うとおり、下手をするとまだまだ被害者が増えていたであろうことはほぼ確実であった。何しろ、この連中は『こっそり攫うことができなければ、強硬策に出る』というつもりだったらしいのだから。

そしてその場合は、大人達にも被害が出たであろう。重傷、あるいは『死』という形で……。

「でも、誘拐する子供に村人を殺すところを見せるのはマズいと思ったのか、それとも子供を連れて逃げられればそれで良く、別に目撃者を殺す必要はないと考えたのか、殺そうと思えば簡単に殺せただろうに、目撃した村人達は怪我はしたものの殺されることはなかったそうです。

殺しておけば情報が秘匿できたのにそうしなかったということは、そう悪い人達じゃなかったのかも……」

「馬鹿ね、大人を殺して子供が行方不明、ってことになれば、殺人誘拐事件確定じゃないの。それこそ領主を巻き込んだ大事件になっちゃうわよ！　殺人誘拐事件よりは、ただの誘拐だけの方が少しはマシだとでも思ったんじゃないの、調査に駆り出されるハンターや官吏の人数も、そして捕まった時の刑罰も……」

「あ……」

レーナにそう指摘され、自分の考えの甘さに、顔を赤くするポーリン。

犯罪奴隷になるにも、年限奴隷か終身奴隷か、そして配属先が普通の場所か鉱山かというのは、文字通り、『死ぬ程大きな違い』なのである。犯罪者達が、万一の場合でも最悪の事態だけは避けたいと考えるのは、当たり前のことであろう。

「それに、そもそも『連続幼女誘拐犯である、そう悪くない人達』っていうのは、何となく矛盾した言葉のような気がするのだけど……」

そして、メーヴィスの追い打ち。

「うう、分かりましたから、そんなに苛《いじ》めないでくださいよぉ……」

ふたりからの滅多打ちに、半泣きのポーリン。

（写真があるわけでもないこの世界では、多少顔を見られたからといって、大したことはないものねぇ。服装や髪型、髭の有無とかでイメージはがらりと変わるし、目撃者とまた顔を合わせる機会はないだろうし、目撃者が似顔絵の名人だという確率はほぼゼロ。

そしてもし万一似顔絵を描かれたとしても、それをコピーして配布されることも、テレビで流されることもない。……そりゃ、わざわざ殺して人間達が本気で介入するような危険は冒《おか》さないよねぇ……）

前世では人の顔を全く覚えられなかったマイルであるが、今は少しは覚えられる。

しかし、明らかにそれは普通の者に大きく劣っていたため、マイルには『犯罪者が顔を隠す必要性』というものに、今ひとつ理解が足りないのであった。

そのあたりのことは捕らえた連中に直接聞けばいいのであるが、そんなことは聞いても聞かなくてもどうでもいいし、少しでも処罰を軽くして欲しくて適当なことを言うだろうから、喋らせても意味がない。

後で真偽がはっきりすることでもないし、その程度の『殊勝《しゅしょう》なこと』を聞かされたところで、別に処罰が軽くなることはないだろう。

「ま、とにかくそういうわけで、とりあえずは隣国へ行って、連中から聞き出した『受取手』というのに当たるわよ」

当然ながら、あんな連中が親玉と直接会って取引しているわけがない。汚い仕事、危険な仕事の実務は、『そういう者達』の担当である。

「でも、ギルドから受けた依頼はここまでの分だけですし、他国の者に勝手に手出しするとなれば、もしそのことが問題視された場合は……」

「この村からの自由依頼、というわけにもいかないよね。ギルドを通さない自由依頼だと、何かあった時にもギルドからの支援は得られないし、私達だけでなく、依頼を出した獣人側も立場が悪くなり、下手をすると大問題に発展する可能性も……」

「じゃあ、どうするのよ！」

ポーリンとメーヴィスがそれぞれ懸案事項を口にし、レーナがそれに噛み付いた。

そしてそこで、今まで黙っていたマイルが口を挟んだ。

「でも、このままというわけにはいきませんよね。このままだと、この村から継続的に子供達を攫い続けるのはもう難しいと判断した黒幕達が、大人数で村を襲って一網打尽、ここでの最後の荒稼ぎ、とか考えるかもしれません。そして大人達は皆殺しにするか、遠くの国に売り飛ばすか……。

その後は、また別の獣人の村を見つければいいだけのことですからね。

それに、村の大人達も、実行犯が攫った子供達の届け先を吐いたわけですから、このまま黙って泣き寝入りすると思いますか？　最悪の場合……」

「「「…………」」」

レーナ達には、マイルの言葉の先は容易に想像がついた。

「じゃあ、どうすれば……」

先程のレーナと同じ言葉を口にしたメーヴィス。

「どうするにも、全ての方法に大きな問題が……」

そして、それに続くポーリンの言葉。

しかし……。

「問題ありません！」

なぜか、やけに自信たっぷりにそう断言するマイル。

「仕事は、私達『赤き誓い』ではなく、他のパーティに依頼します。所属不明の、謎のパーティに！」

「「「え？」」」

「パーティの正体も、依頼人も不明。なので当然ながら、責任の所在も不明です。

正義と幼女のためならば、そこが戦場のど真ん中であろうと、地獄の底であろうと、即、参上。

命知らずの傭兵パーティですよ！」

そして、しばらく経って、徐々ににやにや笑いを浮かべ始めた３人。

「ああ、あの、謎のパーティか……」

「あのパーティに任せるなら、安心ですよね」

「そうね、いい選択よね」

そして……。


「「「『赤き血がイイ！』、推参!!」」」

……地獄の底から、鬼と悪魔がやってきた……。

＊　＊

「……というわけで、あの連中から聞き出した『受取手』に会うために、隣国のこの街に来たわけですが……」

「まぁ、あいつらも、『何かあれば切り捨てられて、全ての罪を擦《なす》り付けられるんじゃないか』と心配して、ちゃんと相手の身元を確認していたってのは感心よね」

「はい。ちゃんと偵察《スカウト》の専門職に依頼して、相手と会った時に尾行させて本当の名前や所属を確認しておくとか、なかなか遣り手ですよねぇ……」

そんなことを言うマイルとレーナであるが……。

「本当に『遣り手』だったなら、あんなに簡単に捕らえられたり、そもそもあんなハイリスクの仕事を受けたりしませんよ！　いくら多少実入りが良くても、１回の失敗で全てを失い破滅するような仕事、まともな者がやるわけないでしょう！」

ポーリンに、一言《いちごん》のもとに叩き伏せられてしまった。

「まぁ、そうだよねぇ……」

そして、メーヴィスによる駄目押し。

「……と、とにかく、その『受取手』とかいうのを締め上げに行くわよ！」

「「「おおっ！」」」

＊　　＊

「すみませ～ん！　ここで、誘拐した違法奴隷を売っていただけると聞いたのですけど～！」

とある商店の軒先で、大声でそう叫ぶ４人の少女達。

「……ばっ！　大声で、何てこと叫びやがる!!」

大慌てで店から飛び出してきた店員が、少女達を怒鳴りつけた。

しかし、少女達はケロリとした顔で、大声でその店員に尋ねた。

「いえ、ここ、『エイラル商会』ですよね？　ここの商会長さんが番頭さんに命じて雇っておられます、ヴェデルさんから御紹介いただきました。獣人の村を襲って、獣人の幼女を違法奴隷として攫い、売り捌《さば》いておられるということをお教えいただき……」

「なっ、ななな！」

少女の言葉を遮り、口を閉じさせるべきであった。

しかし、あまりのことに呆然としてしまい、全てを大声で喋られてしまった。夕方で多くの人々がいる、大通りに面した店の真ん前で。


ざわざわ……

とんでもない話を聞き、足を止めた通行人達。

そして、どんどん人が集まり始めた。

獣人の村への手出し。襲撃。誘拐。そして違法奴隷の売買。

全て、極悪非道にして、超重罪である。

「ちょ、ちょちょちょ!!」

一味のひとりなのか、何も知らないただの下っ端なのかは知らないが、大焦りの店員。

そして、微笑む４人の少女達。

（（（にやり……）））

第百八章　殲滅

「と、ととと、とりあえず、中へ!!」

これ以上、公衆の面前でとんでもないことを叫ばれては、大変なことになる。

……たとえそれが、本当のことであろうが、デタラメの大嘘であろうが。

デマというものは、その真偽には関係なく、『面白そうなネタ』であれば爆発的に広まるものなのである。たっぷりと尾ひれを付けながら……。

そしてその訂正や取り消しの告知は、まず確実に、広まることはない。

なのでここでの最善手は、『この連中に、これ以上何も喋らせない』ということであり、店員のその判断は正しかった。

「……いいけど、もしこのまま私達が二度と店から出てくることがなかったり、明日の朝に川面《かわも》に浮かんでたりすれば、犯人は誰か、ここにいる皆さんが証人になってギルドと警備隊に届けてくれるわよ？　そうよね、皆さん？」

レーナの呼び掛けに、こくこくと頷く観衆達。

「……………」

汗をだらだらと流しながら、同じく、こくこくと頷く店員。

(((ま、川面に浮かぶとすれば、それは私達じゃなくて、そちら側だろうけどね！

そして、『水面に浮かぶ』よりも、『骨まで燃え尽きる』確率の方が遥かに高いだろうし……)))

そんなことを考えつつ、嗤いを抑えて神妙な顔をする『赤き誓い』の面々であった。

＊　＊

店の奥、上客との商談用の部屋と覚《おぼ》しきところへと案内され、しばらく待たされた後、かなり太った男と、それに従う5人の男達が現れた。どうやら、お茶と茶菓子は出ないらしい。

「……何のつもりだ？」

どすん、と席に着くと同時に、自己紹介もなしにいきなり本題に入った、太った男。

当然のことながら、この男がこの場での最上位者なのであろう。商会主なのかどうかは分からないが……。

他の5人は、ひとりが補佐役、他の4人は護衛役のようであった。小娘4人であるから、護衛は相手と同数で充分だと判断したのであろう。

妥当な判断であった。……相手が、『赤き誓い』、いや、『赤き血がイイ！』でさえなければ……。

だが、夜間の警備員であればともかく、常時4人もの護衛を置いているというのは、真っ当な商家としては些《いささ》かきな臭い。それも、あまりまともそうではない、粗野で下品そうな連中である。

普通、客の前に連れて出るならば、もう少し小綺麗にした、普通の護衛を用意すべきであろう。

……というか、威圧用にわざとこういう連中を用意している可能性もあるか、と考える、『赤きちか……』、『赤き血がイイ！』の4人。

「「「「…………」」」」

『赤き血がイイ！』の4人は、男の言葉に何も答えない。

「何とか言わんか！」

激昂して怒鳴る男に、レーナが静かに答えた。

「だって、あんたが何者か分からなきゃ、どこまで話していいか分からないじゃない。何も知らない下っ端に重要な話をするわけにはいかないでしょうが……」

「ぐっ……」

レーナの言い分に反論できず、言葉に詰まったらしい、太った男。

しかし、確かにそれには一理あるため、素直に名乗ることにしたらしい。

そもそも、相手がこの店にやってきたという時点で、自分の名や立場を隠す意味も必要もなかった。

「エイラル商会の大番頭、オルダインだ。さぁ、どういうことか、話してもらうぞ……」

さすがに、正体不明の者達の前にいきなり商会主が出てくることはないようであった。

しかし、いきなり最初から大番頭が出てきただけでも、向こうがこの件をかなり大事《おおごと》だと認識していることは間違いない。

……そう、少なくとも、レーナ達をただの小遣いせびりのチンピラとして軽く追い払う、というつもりではないということであろう。

その男が大番頭だと名乗り、そう言ったが……。

「話すも何も、話を聞きに来たのはこっちの方よ。あんたは事情を知っていて、ただ『バレた』ってだけでしょうけど、こっちは色々と知りたいことがあるのよ」

レーナが、相手の言葉をばっさりと両断。そしてポーリンが……。

「別に、私達はあなた方に何かをして欲しいわけではありません。ただ、『違法奴隷にするために誘拐された獣人の幼女達』を捜し出して、すみやかに回収する。それが私達がやるべきことですので、あなた方はただ、獣人の幼女達がどこへ売られたかを教えてくださるだけで結構です。それ以外のことをあなた方に求めるつもりはありません」

「…………」

大番頭は、考え込んでいた。

これが、賠償金や口止め料を払えとか、獣人を返せとか、そして領主や国に訴えるとか言われたのであれば、対処もまた変わる。

しかし、子供達の行き先さえ分かれば後は自分達で勝手にやる、お前達には何もしない、と言われれば、何とかなる可能性があるからである。

「……暫《しば》し、お待ちを……」

そして、大番頭は皆を待たせて、席を立った。

おそらく、商会主と相談するのであろう。さすがに、大番頭が独断で決定するには、いささか荷が重すぎる。

＊　＊

「……お待たせしました。大旦那様の御許可をいただき、皆様に詳細を御説明できることになりました。

実は、村の財政難と食料不足のため住み込みの年季奉公に出ることになった獣人の子供達に、勤め先の斡旋《あっせん》を致しましたことがございます。

勿論、その旨の書付《かきつけ》を持った仲介者からのお話であり、私共としましては何の問題もない商業活動の一環であり、慈善事業と言っても差し支えないようなものです。

ただ、もし万一私共が騙され、善意の第三者として協力致しました活動の中に問題となるものが含まれていた場合のことを考え、本来は決して漏らすことのない顧客情報の一部をお教えすることと致しました。

但し、商売人としての信用問題に関わりますため、私共から提供された情報であるということは、相手側を含め、一切他言無用。また、書面等ではなく、口頭で、そしてはっきりとは明言せず、ヒントを与えるのみ、という形でのみ情報を提供致します。

……それでよろしいでしょうか？」

何だか、口調が丁寧になっている。おそらく、客としてのランクが『言い掛かりを付けてきた、駆け出しハンターの小娘達』から、『機嫌を損《そこ》ねてはならない相手』に変わったのであろう。

ポーリンが他の３人と頷き合い、大番頭が提示した条件を受け入れた。

交渉成立、であった。

＊　　＊

そしてマイル達は、情報を得てエイラル商会を後にし、その足でハンターギルド支部、警備隊本部、商業ギルド等を廻り、それぞれの場所で大声で報告した。

「依頼任務遂行中の『赤き血がイイ！』です！　隣国で獣人の村を襲撃して幼女数名を違法奴隷にするために誘拐した一味を追ってきました！　エイラル商会で売り先を確認しましたので、そこへ向かいます。

あ、エイラル商会でその件を担当していたのは、三番番頭さんです。実行犯は、ハンターギルドを除名処分になった犯罪者の、ヴェデルさんです。その人は、既に捕縛済みです。では、お邪魔しました～～!!」

嘘は言っていない。

エイラル商会には何も求めていないし、なにもしていない。ただ、他国のハンターとして関係各部に出発前の挨拶をしただけである。そして約束通り、教えられた取引相手に関する情報は一切漏らしていない。

パーティ名も、言い張れば何とか『赤き誓い』と聞こえなくもない今日この頃、という微妙な発音であったため、架空のパーティ名を名乗ったと責められないための対策としては完璧である。

そして、何人もの一般人がいる受付前で大声でそう叫んだ後、さっさと引き揚げる、『赤き血がイイ！』。

獣人の村、襲撃、幼女、違法奴隷、誘拐という、それぞれひとつずつでも強烈なパワーワードのジェットストリームアタックに、どの場所でも後ろの方が大騒ぎになっており、待て、待ってくれえええ～、という叫び声が聞こえたような気がしないでもなかったが、おそらく気のせいであろうと考え、そのまま足早にそれぞれの建物を後にしたマイル達であった……。

それは、騒ぎにもなるであろう。

下手をすれば、商業ギルドの責任者どころか、領主の首すら飛びかねない超危険ワードの連打である。

……勿論、『首が飛ぶ』というのは比喩《ひゆ》的表現ではなく、文字通りそのままに、物理的に、という意味である。

「ま、帰りもこの街を通るから、もしその時にあの商会の連中が何も処分を受けていなければ……」

そう言って、八重歯《キバ》を剝いて凶暴な笑みを浮かべるレーナであるが……。

「「「ないない！」」」

他の３人が、苦笑しながらそう告げた。

……確かに、それだけは絶対にありそうになかった。商業ギルド関係者、警備隊上層部、そして領主達が、自分の地位と命を失いたくないと考えるならば。

そう、マイル達が、誘拐事件の関係者を見逃してやるわけがなかった。

攫われた幼女達の救出だけでなく、関係した悪党共は、ルートごと叩き潰す。完膚《かんぷ》無きまでに。

そう、二度とこのような犯罪に手を出す者が現れないように……。

幼女誘拐、……特に獣人の幼女誘拐には、とてつもなく恐ろしいリスクが、デメリットがあるのだということを、犯罪者達の骨の髄まで叩き込むために……。

「次は、何とかいう名前の、伯爵領ですね……」

「ああ。さすがに、王都に獣人幼女の奴隷を持ち込むほどの勇者《バカ》はいないだろうからね。そういうのは、自分の領地の屋敷に置いておくものだ」

「王都だと、何かあっても揉み消せないかもしれませんからね。もし情報が漏れれば、大勢の貴族や商人達、そして王族の耳に入るのもあっという間でしょうから。

その点、自分の領地であれば、どうとでもできますからねぇ……」

＊　＊

メーヴィスとポーリンが言う通りであり、王都にそのような危険物を持ち込むというような、ダイナマイトを身体中に括《くく》り付けて火の輪くぐりをするような馬鹿が、そうそういるとは思えない。

なので、これからみんなが向かうのは、獣人の幼女を買った貴族の領地や、大商人が自分の出身地に持っている屋敷である。

そして勿論、マイル達には『相手と交渉する』とか、『幼女達を買い戻す』などという気は全くない。

何しろ、一部の国を除いて、借金や犯罪による『返済や懲罰のための、限定的な奴隷扱い』以外での奴隷、つまり人種的・種族的なもの、親が奴隷だったからその子供も、とかいう、『本人の自業自得によるもの』以外の奴隷は存在していないのである。

そして、『古の約定』により、亜人に対して手出しすることは禁じられている上、人間側が自分達だけの勝手な理由で獣人をどうこうすることも、当然のことながら厳禁である。

……勿論、獣人側が犯罪行為を行った場合は、『古の約定』によって定められた手順に従って捕縛され、処罰されるが……。

しかし、その中に『村で平和に暮らしていた幼女』が含まれるということは、あり得ない。

……絶対に。

なので、マイル達は何の遠慮も躊躇も良心の呵責《かしゃく》もなく、心安らかに、安心して相手を潰せるのである。完膚無きまでに。

勿論、悪党を潰す際においては、嘘を吐いても構わない。

約束を守ったり、誠意を示したりするのは、『そうするに値する相手』に対してのみである。

脅迫や強制によって無理矢理約束させられたことなど、守る必要はない。そして同じく、先にルールを破った相手に対して、こっちが律儀《りちぎ》にルールを守ってやらねばならない理由など、どこにもない。

「じゃあ、行くわよ。『赤きちか……血がイイ！』、出撃！」

「「「おおっ!!」」」

そして、地獄の鬼たちが、再び旅立っていった。

……悪魔？

アイツらは、もっと温厚で、思慮深い。

＊　＊

「……しかし、メッチャ分かりやすかったですねぇ、買った人達の名前のヒント……」

「まぁ、あれは『自分達は名前を教えたりはしなかった！』と言い張れるよう予防線を張っただけで、実際には、全て吐いたのと同じですからねぇ。そうすれば、自分達はそっとしておいてもらえるものと思い込んで……」

「そんなこと、あるはずがないですよねぇ……」

「「あっはっは！」」

街道を歩きながらのマイルとポーリンのそんな会話を、複雑そうな顔で聞いていたメーヴィス。

「まぁ、私達の目的は獣人の子供達を連れ戻すことであって、獣人入手の大元の依頼人でも実行犯でもないただの仲介役になんか興味はないだろう、と考えたのだろうねぇ。

……勿論、私達がそう受け取られてもおかしくないような言い回しをしたからだろうけど……」

確かに、マイル達が『依頼を受けて行動しているハンターパーティ』であれば、依頼されたことだけを行うであろう。余計なことなどせずに。

……依頼内容が『子供達の救出』であるならば、ただ、それだけを目的として。

勿論、そのために相手側が雇った者たちと戦う必要があればそうするであろうが、必要もないのに他国の商人と事を構えることはない。それも、得るべき情報を素直に提供し、一応は『それらしい言い訳』をしてきた、協力的な『善意の第三者』を主張している連中であれば。

それに、どうせ実行犯は捕らえられ、これから依頼元のところへねじ込むつもりであろうから、もうこのルートは潰れたも同然なのであるから……。

……しかし、形式上、この依頼は『マイルが、ギルドに加入していない無資格の野良パーティに依頼したもの』ということになっている。

無資格の者たちへの依頼なので、当然のことながら、ギルドを通さない依頼主《クライアント》との直接契約である、『自由依頼』である。

そのため、今の『赤き血がイイ！』を縛るものは、依頼主《クライアント》からの依頼内容と、現地における法律だけであった。そして前者は依頼主《クライアント》がマイルであるため、そして後者は『重罪を犯した犯罪者を捕らえるため』なので、両方共、殆ど制約としての機能を果たしていなかった。

「貴族さん、怖いよ！　何か来るよ、大勢で貴族さんを殺しに来るよ……」

「また、わけの分からないことを……」

「ヒロコちゃんですよ、デビュー作ですよっ！　証明しちゃいますよっ‼」

「だから、知らないわよっっ‼」

また、マイルが何かわけの分からないことを言っていたが、いつものことである。みんなに軽く流されて終わった。

……仕方ない。

あまりにも改変《アレンジ》されすぎている上、現代の日本人でも理解できる者はあまりいないであろうと思われるネタなのだから……。

「もう！　さっさと行くわよ！

この街で、私達が違法奴隷誘拐ルートを追っているということが多少広まったところで、まぁ、大きな影響はないだろうとは思うけど……。

そしてあの商会の連中は、自分達が助かるために取引先を売ったということを知られたくないだろうから、わざわざ自分から販売先に連絡することはないでしょうし、これから始まるであろう取り調べで、とてもそれどころじゃないでしょうけど……。

そもそも、そんな時に販売先と連絡を取るなんて、自殺行為だしね。

それに、噂というものは、そんなに早くは伝わらないし。

……少なくとも、私達が真っ直ぐ、全速で現地へと向かうのより早くはないはずよ。

噂というものは、一直線に全速で広まるものじゃないからね。誰かが目的を持って特定の相手に知らせようとでもしない限り……。

そして私達の移動速度は、噂が他の街へと拡散される場合の主力である、商人達の荷馬車よりずっと速いからね。

つまり、『問題ない』ということだけど、それでも、少しでも早く移動した方がいいというのは変わらないからね」

レーナの言葉に、こくこくと頷くマイル達。

商店で確認した取引相手は、３件。村で確認した被害件数と合致する。おそらく、正直に喋ってくれたのであろう。

それはそうであろう。

民衆の前で『もし、私達がこのまま出てこなければ』などと大声で叫ばれた上、このパーティに依頼した者がいる以上、もしこのパーティが行方不明になった場合には新たなハンターパーティが雇われ、そして前任者がどの時点で消息を絶ったかはすぐに分かるだろう。

そんなことになれば、美少女大量殺人事件の容疑者として、そしてハンターギルドからの報復で、誘拐事件の取り調べが行われるまで待つことなく、確実にアウトである。

そして、適当な嘘を吐いて追い払ったところで、すぐに嘘だとバレて怒鳴り込まれ、今度は自分達のことも警備隊に届けられ、徹底的に追及されるだろう。

……完全にアウトである。

そう、あの商店主には、本当のことを喋る、という以外の選択肢はなかったのである。

だからこそ、ポーリンも相手が言うことを疑って何度もしつこく追及する、ということをしなかったのである。

もしそうでなかったなら、ポーリンとレーナによる『何度も何度も同じ質問を繰り返す』という取り調べ方法が実施されていたはずであった。

そう、精神的に追い詰めることと、言っていることに矛盾が発生した場合、そこを徹底的に追及するために……。

「……ま、私達は約束はきちんと守ったわよね。嘘は吐いていない。私達はただ、各部に出発の挨拶をしただけよ。

だから、何も気にする必要はない……、いえ、ちゃんと悪党が処罰されたかどうかを帰り道で確認することを忘れない、ということ以外は、気にする必要はない、ってことよ。

じゃ、まずは田舎領主のところね。チャキチャキいくわよ！」

「「「おお!!」」」

いくら荒くれ者や無法者が多いハンターとはいえ、一応、貴族に対してはきちんと礼儀を守る。

皆、必要もないのに命を危険に晒したり、わざわざ権力者を敵に回したりはしたくないであろうから……。

『赤き誓い』も勿論そうであり、普段口の悪いレーナでさえ、貴族相手には一応、丁寧な言葉遣いをする。

……但しそれは、相手が『普通の、常識の範囲内である貴族』であれば、の話であった。

怒れば、たとえ相手が王族であろうと、容赦なし。

そして相手は即死《エターナルフォースブリザード》する。

＊　＊

「ここが、グレイナーク伯爵領ね」

最初の目的地へと到着した、『赤き血がイイ！』一行。

「とりあえず、宿を取るわよ」

さすがに、街に着いた早々、下調べもせずに領主の館に突撃するような馬鹿ではない。

「え？　このまま領主の館へ向かうのでは……」

馬鹿ではない。……多分……。

「馬鹿ね！　そういうのは、ちゃんと領主の評判を確認して、裏を取ってからよ！

実は馬鹿息子や悪い家臣の仕業でした、領主は悪い人じゃありませんでした、とかだったら、どうすんのよ。……それも、『全てが終わってしまった後に』それが分かったりしたら……」

「あ……」

ケモミミ幼女のこととなると見境がつかなくなるマイルであるが、さすがにレーナの説明には納得せざるを得なかったようである。

そして、とりあえず宿を取ってから情報収集のためハンターギルドへと向かう『赤き血がイイ！』であったが……。

「受付が、ケモミミ幼女じゃありませんでした……」

「そんな宿、そうそうあるもんですかっ！」

ぶつぶつといつまでも溢《こぼ》し続けるマイルに、とうとうレーナがキレた。

「今まで、そんな宿屋、１軒しかなかったでしょうが！」

「だってぇ……」

マイル、なかなかしつこい。

「だいたい、そんなにケモミミ幼女が大勢出回っていたら、誘拐されるほどの稀少価値は出ないでしょうが！」

「あ、た、確かに……」

レーナの説明に、ようやく納得したらしいマイル。

そして、ハンターギルド支部に顔を出し、もうほぼ条件反射というか身体に染み付いた習性というか、自動的に身体が情報ボードと依頼票ボードをチェックし、特に変わったことがないのを確認。

今回は、修業の旅でも、その振りをしての行動でもないので、この場の全員に対して大声で挨拶をしたりはしない。そして修業の旅ではないのに余所者のハンターパーティが訪れる理由の大半は、受けた依頼の遂行中であるか、何らかの理由による移動中、くらいである。共に、無関係の者が軽々しく聞いてよいことではない。

　これが明らかに新人パーティであれば、ちょっかいを出す者もいたかもしれない。からかいとか、勧誘とか、夕食のお誘いとかの、そう悪気があるわけではないちょっかいを……。

　しかし、ボードの確認の仕方、装備の馴染《なじ》み具合、そして堂々とした態度から、いくら未成年の者を含む小娘達であるとはいえ、そのあたりを読み違える者などいるはずがない。

　なので、彼女達に声を掛けたりする者は……。

「よぅ、お嬢ちゃん達、この街は初めてか？　良ければ俺達が色々と教えてやるぞ？　色々とな、げはは！」

　……馬鹿と勇者だけであった。

＊　　＊

「……というわけでごぜえやす！」

「ふむふむ……」

　メーヴィスが得意の銅貨斬り4分割バージョンを披露し、マイルが指で銅貨を『四つ折り』にし、レーナが爆裂魔法である炎弾でお手玉を披露し、……そしてポーリンがにっこりと微笑んだだけで、全ては終わったのであった。

ポーリンは、まだ魔法を見せてもいなかったのに、自分が微笑んだだけで男達が絶叫したことに、いたくお冠《かんむり》であったが……。

そしてやけに物分かりが良くなった男とその仲間達の計5人は、『赤き血がイイ！』の4人に色々なことを教えてくれた。飲食コーナーで、引き攣った顔で軽食とジュースを奢ってくれながら。

少し離れたところにいる他のハンター達、そして受付カウンターの向こう側のギルド職員達からの、同じく引き攣った顔での視線を受けながら……。

マイル達は、それらの視線を全く気にもしていなかった。

……慣れた。

ただ、それだけのことであった……。

そして気の毒な、いや、マイル達に目的があったため無事に済んだ……奢らされたことによる出費を除いて……幸運な男達から聞き出した情報は……。

「領主は、金に汚く、女好き……」
「税率は、国で定められた範囲内での最大値である、6割……」
「傲慢で、身分差別が激しく……」
「領民にすぐ暴力を振るう……」
「「「「ごく普通の貴族ですか……」」」」

そう、ごく普通の、典型的な貴族であった。

＊　＊

「領主が、典型的な普通の貴族だということが分かりました。……つまり、悪党です！」

「いやいやいやいや、さっきの話では『典型的な、普通の貴族』というだけで、別に極悪人だとか、犯罪者……貴族を糾弾《きゆうだん》できるレベルの……というわけじゃないよ。これで屋敷に押し入ったら、さすがにこっちが押し込み強盗の凶悪犯罪者になっちゃうよ！」

「そうよねぇ……」

短絡的なことを言うマイルを止める、メーヴィスとレーナ。

「決していい奴じゃないですけど、普通の貴族としての範囲内ですからねぇ。問答無用で叩き潰すには、まだ情報不足です」

「そうなのよねぇ……。かといって、私達に、マイルのフカシ話に出てくる『間諜《かんちよう》大作戦』のメンバーや『猫目三姉妹』みたいな調査ができるわけじゃなし……」

「あまり時間をかけるのもアレだしねぇ。どうしようか……」

思案顔のポーリン、レーナ、メーヴィスの3人であるが……。

「じゃあ、領主邸に行って、直接領主さんに確認しましょう！」

そんなことを言い出したマイル。

「マイル……」

「マイルちゃん……」

「マイル、それは……」

「「「何たる名案!!」」」

……『下調べもせずに領主の館に突撃するような馬鹿ではない』というのは、幻想に過ぎなかったのであろうか……。

＊　＊

「……ということで、領主邸にやってきたわけですが……」

「とりあえず、ノックするわよ！」

マイルの説明台詞にそう答え、ドアノッカーに手を伸ばすレーナ。

王宮ではあるまいし、地方貴族程度の屋敷の前に門番が立っていたりはしない。

いや、勿論警備の者はいるが、ただ威容を示すだけのためにお飾りの門番を常時立たせておくだけの意味もメリットも、そして無駄な予算もない。警備の者たちは屋内で待機しており、来客に対応するのは普通の使用人の役割であった。

そして正規の来客ではない者、つまり出入りの業者や使用人に用のある者達は裏口から訪れるのであるが、勿論、『赤き血がイイ！』が今いるのは、正面玄関である。

彼女達が用があるのは領主本人であり、使用人ではない。なので当然、使うのは正規の来客用の、正面玄関。何のおかしなところもない。

……この４人の常識では。

そして、カツ、カツ、とドアノッカーの音が鳴り、すぐにやや年配の男性使用人が姿を現した。

おそらく、執事《バトラー》あたりであろう。使用人の頂点である家令《スチュワード》に次ぐ、上級使用人である。

正面玄関から訪れる者は、訪問の約束《アポイントメント》を取っている者以外では、王宮からの急使、他の貴族家からの使いの者、商業ギルドやハンターギルド支部のギルドマスターからの連絡員、そして怪しげな連中と、多岐に亘る。

そのため、大切な客に失礼のないよう、そして怪しげな連中は主人に余計な手を煩《わずら》わせることのないよう完全にシャットアウトするため、知識と判断力が要求される。とてもただのメイドなどに任せられるような役目ではなかった。

「どちら様でございましょうか？　訪問の御約束《アポイントメント》の方は……」

勿論、アポを取っている客でないことは分かっている。そんなことも把握していないような執事《バトラー》など、いるはずがない。

そして……。

「依頼を受けたハンターです。伯爵様が購入されました奴隷の獣人少女の件で、ちょっとお伺いしたいことがありまして……」

ちりんちりんちりん……


メーヴィスがにこやかな顔でそう告げた途端、ハンドベルの音が聞こえた。

どうやら、執事が後ろ手に持ったベルを鳴らしたらしい。

……勿論、警備の者に対する合図であろう。

「主人に確認して参りますので、しばらくお待ちを……」

警備の者が邸内の所定の位置に、そして裏口から廻って背後を押さえるための配置に就くまでの時間稼ぎのための言葉を口にする、執事。

邸内に通すことなく、この場所で捕らえるつもりなのであろう。

(警戒態勢！)

後ろ手のハンドサインでそう合図するメーヴィスであるが、勿論、そんな合図を受けるまでもなく、皆、奇襲に備えて警戒していた。

あくまでも、正式に訪問し面会を申し込んだ『赤き血がイイ！』。

それを、門前払いするならばいい。何の問題もない。

しかし、『獣人少女の件』と言われただけでいきなり襲い掛かったり捕らえようとしたりすれば、アウトである。いくら貴族とはいえ、それは完全な犯罪行為であった。

そして普通であれば、それは訪れた者の悲惨な未来を約束するものであったが、今回は少し違っていた。……訪問者が、『赤き血がイイ！』という、謎のパーティだったので……。

（（（話が早く進んだ。……ヨシ！）））

＊　　＊

「……では、どうぞこちらへ」

「「「「え？」」」」

邸内から警備の者が姿を現すことも、予想していた後方からの取り囲みや奇襲攻撃もなく、本当に少し待たされただけで邸内へと案内されて、きょとんとした様子のマイル達４人。

（どうなってんのよ……）

（いや、どうなってんのと言われても……）

こそこそと小声でそんな会話を交わしてみても、何の意味もない。

（これはアレです、物陰から突然襲い掛かるとか、出された紅茶に毒が、とかいうパターンですよ！

いえ、私達に情報を吐かせるために、致死性の毒物ではなく、しびれ薬とかを使う可能性も……）

（（なるほど……）））

ポーリンの推察に、納得の声を漏らす３人。

確かに、マイル達が誰から依頼を受けたのか、そしてどこから情報が漏れたのかを確認しようとするのは当然のことであろう。

ならば、わざわざ玄関先で大立ち回りを演じて近隣の人々の注意を惹《ひ》いたり、高価な玄関の建材を傷付けたり調度品を壊されたり、そして無駄に警備の者達を死傷させたりする必要はない。

相手の望み通り中へ通してやり、奥に招き入れてから油断を衝いて、というのが常套手段《じょうとうしゅだん》であろう。

なので、皆、油断なく身構えており、特にドアの前を通る時とか廊下の曲がり角とかでは、ガチガチに緊張し、警戒しまくっていた。

……マイル以外は。

マイルも勿論警戒してはいるのであるが、こんな『不意打ちの一撃で、仲間が即死するかもしれない』というような状況で力を出し惜しみするはずもなく、最初から探索魔法を使っているため、伏兵が潜んでいるというわけではないと分かっているからこその余裕であった。

そして、案内の執事がとあるドアの前で立ち止まり、軽くノックした。

「……お客様をお連れ致しました」

「入れ！」

客とは言っても、アポなしの見知らぬ平民、しかも『奴隷の獣人少女』などというとんでもないことを言ってきた連中である。しかも、平民の中でも底辺層である、新米ハンター。

大店《おおだな》の商会主とかであればともかく、とてもまともに相手してもらえるような立場ではない。

なので、ぞんざいな扱いを受けたり、偉そうな態度を取られたりしても仕方ない。

……というか、『偉そう』ではなく、事実、『偉い』のであるが……。

そもそも、マイル達が邸《やしき》に入れてもらえたこと自体が、何か企んででもいない限り、あり得ないことであった。

勿論、それがマイル達に、この貴族が何かを企んでいるということをはっきりと教えてくれているわけであるが……。

そして執事がドアを開け、マイル達の眼に映ったものは……。

大きなテーブルの向こうで高価そうな椅子に座った、でっぷりと太って髪が薄くなった中年の男。

そしてその左右に立つ、護衛らしき3人の男達。

マイル達よりもひとり少ないが、20歳にもならぬ少女ふたりと、未成年の子供ふたりくらいであれば問題ないと判断したのであろう。

それに、もしひとり取りこぼしたとしても、伯爵自身も小娘ひとりくらいであれば自分で対処できるとでも考えたのか……。

いくら太ってはいても、仮にも貴族の嫡男だったのであるから、若い頃には剣の鍛錬くらいはしていたであろうし、一見丸腰に見えても、テーブルかどこかに隠し武器が仕込んであるのは常識である。

「ふむ。報告通り、美人揃いだな。席に着くがよい」

作戦として会うことにしたのか、訪問者が若い女性だと聞いて会う気になったのかは分からないが、一応、話をするつもりではあるようであった。

「「「「……」」」」

そして、黙って席に着くマイル達。

何だか、みんな、意識して平静を装っているかの如き不自然な表情であった。

おそらく、『美人揃い』と言われたのがちょっと嬉しかったのであろう。

今の伯爵の立場で、見え透いたお世辞を言う必要などない。それに、今の言い様は、相手の機嫌を取るための言葉とも思えない。……つまり、正直に『そう思った』という、本音としか思えなかったのである。

いくら相手が悪人とはいえ、本心で賞賛されれば、女性として悪い気はしない。たとえ、それが下衆《ゲス》い思惑があっての言葉だとしても……。

席は、マイル達の人数に合わせて4脚用意されている。伯爵が座っているところから一番遠いところに。

人間は、座っている状態から攻撃動作に移ろうとすると、どうしても動きが遅れる。また、テーブルが邪魔になるため、真っ直ぐ伯爵に向かって斬り掛かることができず、回り込んで攻撃しようとしても、伯爵の席の両側に立ったままである護衛達に容易に阻止されるであろう。

……つまり、マイル達を座らせることは、伯爵の安全を大きく引き上げることになるというわけである。別に、平民の訪問客に気を遣ったわけではあるまい。

そのあたりのことは全て承知の上で、席に着いたマイル達であった。

……まぁ、全員が無詠唱や詠唱省略魔法、そして『気』の力による遠隔攻撃ができる『赤き血がイイ！』の連中にとっては、そんなことは大した問題ではない。メーヴィス以外は防御魔法も使えるし、メーヴィスにしても、護衛達が剣を抜きテーブルを回り込んで、という行動をするだけの時間があれば、立ち上がりながら抜剣するくらいのことはできる。

「……で、新米ハンターのお前達が、貴族である私に何用かな？」

勿論、玄関で言った台詞は伝えられているであろうが、それはスルーして、しゃあしゃあとそう言う伯爵。

「はい、伯爵様がお買いになられました、奴隷の獣人につきまして、少々……」

デリケートな話術合戦《たたかい》は、勿論ポーリンの担当である。

貴族相手に、最初から喧嘩腰になることなく、普通に敬語を使って話ができる人材は、他にはいない。

メーヴィスは、伯爵と話しているとおそらく貴族らしい言動が出てしまうであろうから、それはちょっとマズかった。なので、ここではポーリン一択である。

「奴隷の獣人？　知らぬな……。もしそのような者が存在すれば、大事《おおごと》であろう。それを、証拠もなくいきなり貴族の家に押し掛けてそのようなことを言えば、どうなると思っておる？　自分が何を言っているか、分かっておるのか？」

伯爵は、あくまでもしらを切るつもりのようである。

しかし、ポーリンがちらりとマイルの方に視線を向けると、マイルが微《かす》かに頭を上下に動かした。

……そう、『続けろ』の合図である。

マイルは、探索魔法により周囲にいる生物を探知することができる。そして、探知した目標が何であるかも、ある程度識別できた。それが人間かエルフか魔族か、……あるいは獣人かの識別が。

つまり、今の合図は、マイルがこの屋敷内に獣人がいると断定したということであった。

なので……。

「はい。そう確信しています」

「……」

退《ひ》く様子のないポーリンと、他の３人。

果たして、伯爵はどう出るか。

（ここで、『先生、お願いします！』かな……）

マイルがそう考えていると……。

「……あ！」

何やら、伯爵が急におかしな顔をして声を出した。

そして、ドアのところに立っていた執事に向かって指示を出した。

「リリアを連れてきてくれ」

「はい」

いくら態度の悪い貴族であっても、使用人に対しては『連れてこい！』とかの命令口調ではなく、一応は丁寧な言葉遣いをするようであった。

（執事レベルの使用人に怨まれて、敵対している貴族に情報を流されたり、汚職をやらかされたり寝首を掻かれたりすると大変だもんねぇ……）

マイルはそんなことを考えていたが、使用人がそうそう雇い主を裏切ることはあるまい。

別に忠誠心とか、そういう問題ではなく、もしバレれば、一族郎党皆殺し、ということもあり得るのだから、そんな危険は冒せない、というだけのことである。

そして1分もしないうちに、執事が戻ってきた。

……4～5歳くらいの幼女と、その手を引いた6～7歳くらいの男の子を連れて……。

男の子は、かなり上等な衣服を身に着けている。まさに、『ザ・貴族の嫡男』といった感じである。そして女の子は、そこまで高価そうではないが、やや裕福な平民の子供が着るような、ワンピースを着ている。……そしてその頭には、ふたつのネコミミが……。

「「「「え？」」」」

見たところ、髪はふわふわ、ほっぺはぷっくり、栄養状態は良好そうで、怪我をしている様子もない。そして、にこにこと機嫌の良さそうな笑顔であった。

この短時間で、着替えさせたり髪を整えたりする時間があったとは思えない。つまり、これが通常の状態なのであろう。

そしてポーリンが、判断に困りながらも、恐る恐る少女に声を掛けた。

「……あ、あの、シェリーちゃん……、ですよね？　御両親や村の人達が心配していますよ。私達と一緒に、村に……」

「嫌ああああぁ！　あんなところには帰りたくないよおっ！　私は、ここの子になるのおおおォッッ!!」

「「「何じゃ、そりゃあああああっっ!!」」」

わけが分からない、マイル達であった……。

「ど、どどど、どういうことよっ！」

状況について行けず、伯爵を問い詰めるレーナ。

「いや、どう、と言われてもな……。見てのとおりだ。

引き取るはずであった雇用主が何らかの問題を起こして、宙に浮いてしまった年季奉公の獣人の子供がいるのだが、と商人に持ち掛けられてな。

これが普通の人間の子供であればともかく、獣人となると、おかしな者に引き取られればマズいことになる可能性がある。世間には、人間至上主義者とか、異常な性癖を持つ者とかもいるからな。領内で揉め事……、それも、致命的なもの……を起こされてはかなわんから、うちで引き取ったのだ。

何でも、両親に50年分の賃金を前払いしたとか、どんな扱いをしても構わないとか、事故で死んでも問題ないとかで、そんなのは殆ど人身売買であり、奴隷も同然であろう。

なので、獣人の子供だからと思い切り吹っ掛けてきおった商人の足元を見て値切り倒してやり、うちの使用人見習いとして引き取った。

今はまだ、息子の遊び相手をさせているだけだが……」

見ると、幼女は伯爵の息子の背に庇《かば》われており、息子はキッとマイル達を睨み付けている。

マイルがその異常なまでの性能を誇る視力で幼女をじっくりと観察したところ、顔や手足にアザや傷もなく、完全に伯爵の息子を信頼しきっている様子である。

そして……。

「リリアを渡すもんか！　リリアは、僕が命に代えても守り抜く！　リリアは、僕が幸せにするんだ!!」

「あんな、何もなくてひもじい思いをする、兄ちゃんや弟達ばかり優遇されて女の子の私には残り物しかくれないような家、嫌だよぉ！　帰りたくないよおおおぉ!!」

嫡男が、幼いながらも男らしい啖呵《たんか》を切り、リリアは村へ戻ることを必死に、全力で拒否した。

そして、それをうんうんと頷きながら優しそうな眼で見守る伯爵。

「「「「…………」」」」

少年の決意表明と、幼女の心の底からの叫びに、マイル達、呆然。

「ど、どうなってんのよ……」

「獣人は、エルフ以上に男尊女卑があからさまなんだよ。多産だから、子供の扱いが割とぞんざいだしね。兄弟が多くて、女の子だと、ちょっとね……」

4人のうちで他種族のことに一番詳しいメーヴィスの説明に、愕然とした様子のレーナ達。

「……もしかすると、悪党は私達の方ですか……」

ポーリンが、ポツリとそう呟いた。

そして、マイルが叫んだ。

「……無罪！　撤収！　てっしゅ～!!」

その後、念の為にリリア……村での名前はシェリー。ここでは商人に付けられた新しい名を名乗っているらしい。村に戻る気、皆無の模様……の手足や背中等に傷痕《きずあと》がないことを確認。

そしてリリアからの家族への伝言……メーヴィスが『何というか、もう少し穏便な言い方にすることはできないか』と説得するくらい辛辣《しんらつ》なやつ……を書き留めて、引き揚げることにした『赤き血がイイ！』の４人。

だが、その前に……。

「「「「すみませんでしたあぁ～～!!」」」」

ちゃんと伯爵に謝罪した、４人であった……。

＊　＊

「苦笑いしただけで許してもらえて、よかったですよね～」

「ああ、下手をすれば面倒なことになっていたかもしれないんだ、助かったよ……」

あの後、少し伯爵達と話をしたのであるが、マイルにはすぐに分かったのであった。

ああ、この父子《おやこ》、私の同類だ、と……。

ケモミミ幼女愛好家。

悪い意味ではなく、本当に可愛がる、という意味で……。

そうでないと、伯爵がわざわざ獣人の幼女を引き取って、自分の邸で面倒を見たりするはずがない。何かの理由で引き取ったとしても、孤児院なりどこかの平民の家なりで面倒を見させれば済む話である。

そして少年《むすこ》の方は、何だかこのまま年下の幼馴染みとして一緒に暮らし、そのまま結婚を、とか企んでいる気配が濃厚であった。そして伯爵《ちちおや》の方も、それを容認していそうな感じなのである。

……勿論、獣人が伯爵家の正妻になれるはずがない。

しかしそれは、獣人でなくとも、普通の平民であっても同じであろう。

だが、愛人としてであれば、何も問題ない。生まれた子供に爵位の継承権はないが、正妻の子と一緒に育て、嫡男の護衛役にすればいい。

身体能力に秀でた、絶対に裏切ることのない護衛。

また、いつか獣人達と取り引きや交渉をする時には良き橋渡し役となるし、伯爵が『獣人も差別せず嫡男の護衛役を任せるとは、何たる人格者か！』と、人間至上主義者以外の者や、他種族の者達から高く評価されるかもしれない。

それに、爵位継承権がないということは正妻から警戒されたり敵対されたりする心配がないということであり、うまく立ち回れば正妻やその子供達と良好な関係を築くことも可能であろう。

……つまり、リリアの将来はかなり明るいのであった。

少なくとも、あの男尊女卑が強烈な村で暮らす他の少女達や、底辺職であるハンターをやっているCランク以下の人間達に較《くら》べて、遥かに……。

「でも、まさか、伯爵がマイルとの獣人談義で盛り上がって、機嫌を直してくれるとは……」

ポーリン、メーヴィス、レーナが、ほっとした様子でそんなことを言っているが、マイルは……。

「いいえ、揉めた場合に備えて名乗っている、『赤き血がイイ！』のパーティ名でしょう？　もし問題が起きたとしても、いざとなれば、全力で逃げれば何とかなりますよ？」

「「「…………」」」

マイル、世の中を舐めすぎであった。

「まぁ、確かに『赤き血がイイ！』なんて名のパーティはハンターギルドには登録されていないし、こんな依頼が出された事実も、受注された事実もないからねぇ。

依頼を受けた、と、いかにもギルドで受注したかのような言い方をしたけれど、実際にはマイルからの依頼をギルドを通さずに直接受けた、『自由依頼』だからねぇ。言い回しには充分注意して、嘘にはならないように言っているから問題はないんだけど。

でも、それだと……」

「何かあっても、ハンターギルドは介入しないし、助けてくれることもない……」

メーヴィスの言葉に、そう続けるレーナ。

そう、『自由依頼』は、別に悪いことではないし、ギルドの規約に違反しているわけでもない。

……ただ、何が起ころうとも、ギルドは全く関知しない。良い意味でも、悪い意味でも。

全ては、自己責任。利点《メリット》も欠点《デメリット》も、そして危険《リスク》も……。

＊　＊

「……で、ここが、ふたり目が売られたという子爵家の領地ですか……」

「マイル、あんた、どうして新しい街に着く度《たび》に、そう毎回毎回分かり切った台詞をまるで『誰かに説明するが如き言い方』で喋るのよ？　前に言っていた、『お約束』とかいうやつなの？」

「い～んですよ、細けぇこたぁ！」

呆れたようなレーナの指摘を、無理矢理躱《かわ》すマイル。

「今度は、悪い貴族であって欲しいですよね……」

「いや、攫われた子供や領民のことを考えると、その望みはどうかと思うよ……」

そして、ポーリンが口にした願いに、苦笑いのメーヴィス。

確かにそれは、当事者達が耳にすれば怒りそうな願いである。

「とりあえず、前回と同じように、領主の評判を確認するわよ。

前回の領主も、獣人の子供フェチ……マニアック……子供に寛大なだけであって、その他の部分では評判通りの下衆貴族だったからね。事前調査は大切よ」

レーナの言葉に、こくこくと頷く3人。

そう、あの伯爵は、別に『良い人』などではなかった。

ただ、獣人の幼女をペットのように可愛がっているだけであり、息子が望むならば『遊び相手』として、そして後には『愛人』として囲っても構わない、と考えているだけであったに過ぎない。

悪人であっても、身内やペットには優しい、という者は、決してそう少なくはない。

あの悪の総帥《そうすい》ブライキング・ボスでさえ、ロボット白鳥《スワニー》を可愛がっていたくらいなのだから……。

しかし、さすがに同じようなことが二度も続くとは思えない。


そして、既にパターン化された行動、つまりまず宿を取り、それからハンターギルド支部に行き情報収集、というルートを辿る『赤き血がイイ！』の４人であった……。

＊　　＊

「てんぷらでしたね……」

「『てんぷれ』よ、『てんぷれ』！　てんぷらは、美味しいやつ！」

そう言ってポーリンの言い間違いを正す、レーナ。

仕方ない。その言葉は、マイルが『にほんフカシ話』でよく使うためレーナ達には意味を認識されているが、マイルが日本で使われていた言葉そのままに『てんぷれ』と言っているため、同じく日本での名をそのまま発音している『てんぷら』と間違えるのも、無理はない。ポーリン達には語源が分からず、『聞き慣れない、異国の言葉』、『ただの、意味のない発音の羅列《られつ》』としか聞こえないのだから……。

そう、調査の結果、やはりこの領地の領主である子爵は、典型的な小物貴族であった。よくいるタイプの……。

しかし……。

なので、今更何も言うことはない。

「今度は、大丈夫なのかい？」

マイルに向かって、そう尋ねてしまったメーヴィス。

いや、その気持ちは分かる。初っ端《しょぱな》が、アレだったのだから……。

「分かりませんよ、そんなの！」

そして、マイルが少しムッとしたような口調でそう返すのも、無理はない。

確かに、今そんなことを聞かれても、マイルには答えようがないであろう……。

第百九章　潜入

　マイルも、前回ハッピーエンド（村人達と、リリア……シェリー……の家族を除く）に終わったとはいえ、本当は『奴隷として苛められているケモミミ幼女を颯爽《さっそう》と救い出し、歓喜するケモミミ幼女に抱き付かれ、懐かれる』というシーンを何十回も、何百回も繰り返し想像し、そのシーンを小説として執筆するための文章まで考えていたのである。

　あの、宿屋の受付をしていたケモミミ幼女、ファリルちゃんを邪神教徒から救出した時には、美味しいところを全て『女神のしもべ』に持って行かれてしまったため、そのリベンジとなるはずであったのだ。

　それが。

　それが……。

　それがががッッ!!


　というわけで、マイルとしても、ポーリンと同じく『今度こそ、悪い貴族であってくれ！』という思いが強いのである。

そして勿論、騎士に憧れるメーヴィスもまた、『囚《とら》われの幼女を悪党から救い出す、正義の騎士』というのをやりたくて仕方ない。

ポーリンとレーナも同じようなことを考えており、結局、4人は似た者同士なのであった。

そうでなければ、いくらマイルが『自分が依頼する』とか言い出しても、ふたつ返事でOKするはずがない。

そして……。

「私が、潜入捜査《スネーク》を行います！」

マイルの宣言に、こくりと頷くレーナ達。

「前回は、伯爵の機嫌が良かったのとマイルと話が合ったから許してもらえたけど、そうそう幸運は続かないだろうし、今回は小悪党の子爵だから、あんな失敗をすると大変なことになっちゃいそうだからね。マイルなら、やることが決まっている任務なら、うまくやるでしょ」

レーナが言う通り、自由裁量《フリーハンド》を与えた時のマイルは要注意であるが、やるべきことがハッキリと決まっている場合は、マイルは確実にその仕事をこなす、優秀なハンターなのであった。

マイルは、物事を遂行する能力はあるのである。『遂行する能力』は……。

それに、レーナ達はマイルの『不可視フィールド』のことはよく知っているので、全く心配していなかった。

自分達がついていった方が足手纏いになってマイルの邪魔になることを知っているし、潜入任務におけるマイルの能力を欠片も疑っていない、つまり『仲間の力を信用している』からこそ安心して任せることができるのであった。

＊　＊

「では、行ってきます」

こくり
マイルの言葉に頷く、レーナ達3人。

時刻は、少し早めに宿で夕食を摂ったばかりの、夜1の鐘《午後6時》の少し前である。

盗みに入るならばともかく、情報を収集するのに、皆が寝静まった後では意味がない。なので、使用人の多くが勤務を終えて自由時間となる夕食直後の時間帯に侵入することにしたのであった。

食器洗いと厨房掃除人《スカラリーメイド》や食品室女中《スティルルームメイド》、そして警備の者以外の大半の使用人が勤務を終え、自由時間となる頃。そこから就寝までの短い時間が、使用人達の寛《くつろ》ぎと交流の時間なのである。

マイルは今までに入手しアイテムボックスにストックしてあったメイド服のうち、一番この邸のメイド達の服に似ているものを身に着けていた。

……なぜマイルがそんなにたくさんのメイド服を持っているのか。

それは勿論、『淑女の嗜《たしな》み』だからであった。

そしていつものレオタード風怪盗衣装ではないのは、万一邸の者に姿を見られた時に、『怪しい恰好の不審人物』と『当家のものとは少し違うが、メイド服を身に着けた未成年の少女』では、初期対応が全く違うであろうと思われるからである。

前者だと、ひと目見ただけで叫ばれるであろうが、後者だと『他家からのお使いの者かな？　それとも、当家で働くために来たばかりで、まだここのお仕着せを支給されていないのかな？』とか考えて、いきなり叫ばれるということはないであろう。

まぁ、それよりも、もし獣人の少女と話せる機会があった場合、怪盗衣装では警戒心バリバリで、まともに話を聞いてもらえないと思ったからであろうが……。


そして、自分の身体を不可視フィールドで包み、領主の邸に忍び込んだマイル。

忍び込んだ、とは言っても、相手からは見えないので普通に歩いて入っただけであるが……。

（さて、ケモミミ幼女はどこかな。誘拐による違法奴隷とは言っても、さすがに表向きはただの『親に給金を前払いした、住み込みの奉公人』という扱いだろうな……。

もし本当に奴隷扱いとかだと、地下牢に閉じ込めっ放しとかでない限り、人目について大事《おおごと》になるだろうからなぁ。違法奴隷、それも獣人の幼女とかだと、少しでも良心がある使用人なら官憲に届け出る可能性があるし、全く良心がない使用人なら、敵対している貴族に情報を売る可能性があるし……。

とにかく、そんな致命的なネタを使用人に握らせるわけがない。だから、ケモミミ幼女には『オマエは両親に売られたのだ』とか適当なことを言って丸め込み、もう少し成長するまでは普通の使用人として扱っていると思うんだけど……）

世の中には、『幼女の成長を待たなくていい人達』も存在するが、マイルはそのあたりのことはあまり詳しくなかった。

（幼女だから、給仕や皿洗いとかはやらないよね……）

別に大事にされているというわけではなく、身体が、そして掌が小さすぎるために、料理が載ったお皿を運ぶのは危険すぎるし、洗い物をするにも効率が悪く、他の者の邪魔になったりお皿を割ったりするのが目に見えているからである。

料理を台無しにされて叱られるのは大人の使用人達であるし、貴族家で使われている食器類は高価である。その責任を取らされては堪らないであろう。

なので、食事時に幼女がいる場所は、というと……。

（いた！　狐獣人の幼女!!）

マイルが4～5歳くらいの狐耳幼女を見つけたのは、比較的年少の者達が割り当てられている使用人部屋であった。

年少の者達とはいっても、さすがに、獣人の幼女ほどの低年齢の者はいない。せいぜいが、12～13歳くらいまでである。それ以下の年齢となると、労働力としても、外聞的にもよろしくない。

（なのに、わざわざ大金を払って獣人の幼女を手に入れたがるのは、やはりアレですよね。

……私の同志だから!!

しかし、リリアちゃんのように大切にしてもらうというのはともかく、普通の使用人程度の待遇ならば良いのですが、もし虐待でもされていたら……）

……許さん。

マイルの目が、そう語っていた。

他の者達はまだ主人一家の夕食関連で働いているのか、同室《ルームメイト》の者達はおらず、幼女ひとりだけである。主人達の食事が終わりお茶の時間になれば使用人達の食事が始まり、その時にはおそらくこの幼女もそこに呼ばれるのであろう。

（……もし呼ばれずに、この子だけ粗末な堅パンのみとか夕食抜きとかだったら……）

……許さん！

天知る、地知る、チルチルミチル！

そんなフレーズを頭に思い浮かべる、マイルであった……。

今、アプローチしても、時間がない。すぐに使用人達の食事の時間になるであろうし、同室の者がいつ戻ってくるかも分からない。

食事も、おそらくみんな一緒というわけではなく、交替で、ちゃちゃっと済ませるのであろう。

そしてこの子の順番が早いのか遅いのかも分からない。

役立たずだから後回しなのか、子供だから先に食べさせてさっさと休ませてやろうとか、はたまた逆に、最後にしてやってゆっくりと、そして残り物を好きなだけ食べさせてやろうという温情もあり得る。

今は、まだ情報収集に努めるのが妥当であろう。

そう判断して、マイルは様子見を続行することにした。

＊　　＊

（……情報が、全く手に入らない……）

マイルが頭を抱えているが、当たり前である。

もう獣人幼女がここに来てから何カ月も経っているというのに、そうそうマイルの都合に合わせて、唐突に『そういえば、あの獣人の子の待遇なんだけどね……』とか、『あの子の雇用形態なんだけどね……』とかいう会話が使用人の間で始まるわけもない。

そして主人一家も、今更そんなことを話題に出すとも思えなかった。せいぜい、来客があった時に珍しい獣人の子供を抱えていることを自慢する程度であり、それも本当の事情ではなく、表向きの『設定』を喋るだけであろうから、何の意味もない。

（やっぱり、本人に聞くしかないか……）

そう、どんな待遇であったとしても、本人が『あの村で暮らすよりは、ずっとマシ』と判断したならば、手を出す必要はない。

これが、子供を攫われた両親からの依頼であれば、また話も違う。

しかし、今回はそういう者達からの依頼ではなく、マイルが自分で臨時編成の無登録パーティ、『赤き血がイイ！』に出した自由依頼である。なので、本人が嫌がるのに無理矢理連れ去れば、それはただの人攫いであり、犯罪行為、……それも重罪犯である。

また、ハンターギルドを通さない『自由依頼』である上、そもそも『赤き血がイイ！』は登録されたハンターパーティではなく、何の資格もないただの集まり、『仲良しパーティ』に過ぎないため、ギルドからは何の支援も受けられない。普段の、正規のCランクパーティ『赤き誓い』が正式にギルドを通して受注した依頼を遂行している場合とは、全く状況が違うのである。

正体を隠して行動するには、その利点《メリット》に対応するだけの不利益《デメリット》な点が存在するのであった……。

＊　　＊

使用人達の就寝時間は早い。

翌日は日の出前から起きて働かねばならないし、夜遅くまで起きているとロウソクやランプの油代がかかる。そして、明かりのない夜間には、寝ること以外に、やれることもなかった。

なので、夜2の鐘《午後9時頃》の後は、明かりを消してベッドに入り、同室の者達と少しお喋りをしながら、ひとり、またひとりと寝落ちするか、あるいは誰かが『そろそろ寝ようか……』と言って、皆が一斉に眠るか、といった感じであった。

ちなみに、『赤き誓い』であれば、この時間にマイルによる『にほんフカシ話』が披露される。

まぁ、マイル達であれば、明かりの魔法により経費ゼロで夜更《よふ》かしすることは可能であるが。


（よし、みんな眠りましたね……。では、念の為、睡眠魔法を……）

マイルは、とある使用人部屋で睡眠魔法を使った。

部屋全体に、ではなく、ひとりひとり個別に、である。

そして、最後のひとりには睡眠魔法を掛けず、その者と自分とを遮音フィールドで覆った。

「シュラナちゃん、シュラナちゃん、起きてください……」

「……ん……なぁに……」

耳元で囁かれた声に、眠さを堪《こら》えて何とか返事をする幼女。

まだ寝付いてからあまり時間が経っておらず、一番眠い時間帯である。そのため、返事はしたものの頭は碌に回っていないらしく、目は僅かに開いているだけであり、今にも再び閉じてしまいそうであった。

なので、マイルはここで本題を切り出した。

「……村に帰りたいですか？」

そう、本人の意思《これ》を確認しなければ、話ができない。

もし本人がリリア《シェリー》と同じように『ここに残りたい』と思っているならば、何もせずに引き揚げて、3人目のところへと向かう。それが、『赤き血がイイ！』のみんなで決めたことであった。

そしてマイルのその言葉を聞いた幼女《シュラナ》は、カッ、と目を見開いた。

「救出部隊の方ですね！　待っていました！　あ……」

思わずやや大きな声を出してしまい、慌てて両手で自分の口を塞ぐ、幼女シュラナ。

そう、この小さな部屋は、４人部屋なのである。こんな声を立ててしまえば、他の３人が……。

「あ、大丈夫ですよ。他の方には睡眠魔法を掛けていますし、私達ふたりの周りには遮音フィールド……、音が外に漏れないように魔法が掛けてありますから」

「おおおお、魔術師ですかッ！　私なんかを助け出すために、貴重な魔術師に依頼するなんて！

おお！　おおおおおおお!!」

感激に震えているらしき、シュラナ。

大袈裟に思えるかもしれないが、これには理由があった。

獣人にも、勿論魔術師はいる。しかしそれは他の種族に較べるとかなり割合が低く、しかも戦闘に使えるだけの者は滅多にいない。

……つまり、魔術師として戦闘職たる兵士や傭兵、そしてハンターが務まる獣人は非常に少なく、そんな者にこのような指名依頼を受けてもらうには、どれだけの依頼料を必要としたことか……。

そのお金を、女である自分なんかのために村が出してくれた。そう思って感激しているのである。

シュラナがそんな勘違いをしたのは、勿論、マイルのせいである。

マイルが、頭に装着しているもの。

……自作の、ネコミミカチューシャ。

これのせいで、シュラナはマイルのことを『村人が大金を払って雇ってくれた、獣人の魔術師』だと思い込んだわけである。

救出時における危険、そして更に後々における危険を考えると、貧乏な村が用意できる程度の安い依頼料で貴族の屋敷から獣人を助け出す依頼など、人間は勿論、他の種族の者達も受けてくれるはずがない。そんな依頼を受けてくれるのは、女神と御使い様を除けば、馬鹿な獣人だけである。

……勿論、この場合の『馬鹿』は、賛辞の方である。

そして女神か御使い様という『あり得ない選択肢』を除外すると、残るのは、同族である獣人の少女を救うために安い依頼料でこの仕事を受けてくれた、稀少な獣人の魔術師、という選択肢だけであった。

そもそも、幼女《シュラナ》が疑う様子もなくマイルの言うことを信じているのは、マイルを同族である獣人だと思っているからである。そうでなければ、もう少し疑いを持ったかもしれなかった。

今までの言動から、シュラナがここに留《とど》まることではなく脱出を希望していることは明白であった。

今回も無駄足に終わるということがなく、ひと安心のマイル。

いくらみんなの総意だとは言っても、一応の依頼主は自分なので、そんなことになればみんなに対して申し訳がない。

……ちなみに、みんなへの依頼料は、魔法や剣術の指導《コーチ》3日間、というものであった。

さすがに、レーナ達にとって、こんなことで仲間から金銭を受け取るというのは矜持《きょうじ》に関わることであったらしい。


しかし、あまり年齢《とし》が変わらないように見えるのに、前回のリリアとは全く違う反応に、マイルは少し驚いていた。

(同じくらいの年齢に見えるけれど、実際にはリリアちゃんより年上なのかな？　だから判断基準が違う？　それとも、『御子息の遊び相手』と『下働きの下級使用人』という、待遇の違いのせい？

もしくは、あと数年経って成長すれば『別の仕事』を強要されることを知っている？)

そう、せっかくわざわざ大金を払って手に入れた獣人の少女を、普通の使用人として使う者はいまい。

そして、幼いうちに暴力を加えると、軽く殴っただけで簡単に死んでしまったり、大怪我をしたりしてしまう。それでは、払った大金の元が取れない。

なので、成長するまでは普通の労働力として使うつもりなのであろう。そして、成長すれば……。

それに、『昨日までは普通にみんなと一緒に働いていたのに、ある日突然、自分だけが奴隷扱いに』ということになって絶望する姿を見て楽しむ、とかいう、鬼畜の娯楽もある。

もはや聞くまでもないが、マイルは一応、確認した。

「ここに留まりたい？　それとも、村へ帰りたい？」

「村へ帰りますっ！」

即答であった。

頭が良さそうな子なので、帰りたいとは思っていても、今の自分がひとりで逃げ出したところで、獣人であり目立つ自分が一文無しで歩いて逃げてもすぐに捕らえられるのが分かっているから、従順な振りをして我慢していたのであろう。

（ん～、どうしようかなぁ……）

そしてマイルは、そう聞いておきながら、考え込んでいた。

（明日、みんなで出直したとしても、領主が素直に認めるはずがないし、明らかな奴隷扱いをしているわけじゃないから、『50年分の給金を前払いした、普通の奉公人だ』と言い張られたら、どうしようもないよね。多分、偽造書類は揃ってるだろうから……）

そう、この世界では偽造書類を作るのは非常に簡単であった。平民の識字率が低いため、本人のサインなど、マルやバツを書いただけ、とかもザラにある。

そして、今すぐ助け出してもらえるものと信じ込んで瞳をキラキラと輝かせているこの子を置いて立ち去るのは、どうにも心苦しい。

（う〜〜ん……）

そして、しばらく考えた末……。

「一緒に来る？」

「うんっ!!」

＊　　＊

「何考えてるのよっ！」

「マイルちゃん、物事には、手順とか、段取りとかいうものが……」

「マイル、さすがに、それはちょっと……」

宿に戻り、不可視フィールドを張ったままそっと部屋へ戻った、マイルとシュラナ。

そして当然のことながら、レーナ達に怒られた。

「明日の朝、同室の者達が起きた時点でこの子がいなければ、大騒ぎになるじゃないの！　だから、堂々と奪い返すか、そうじゃない場合は皆が寝静まってからすぐにこっそりと助け出して夜のうちに距離を稼ぐ、って決めてたじゃないの！　それを、どうしてこんな中途半端なことするのよ！」

レーナが怒るのも、無理はない。

こっそり作戦の場合は、事前に移動の準備をしておき、皆が街の出口付近に待機してからマイルがひとりでシュラナを迎えに行く予定だったのである。少しでも脱走したことが露見するまでの時間を稼ぐために……。

「まぁ、やっちゃったことは仕方ないだろう。時間が惜しい、今すぐ街を出るよ。

レーナ、ポーリン、すぐに着替えて！　マイルは、急いで宿の人に書き置きを。代金は前払いだから、急な出立《しゅったつ》で深夜に宿の皆さんを起こすのは申し訳ないから、って適当な説明を書いておけば、問題はないだろう。さ、急いで！」

さすがは、パーティリーダーである。レーナがただ怒るだけなのに対して、メーヴィスは素早くそう指示を出して、自分もさっさと着替え始めた。……それも、怒ったレーナに怯えているシュラナの頭を軽く撫でてからという、イケメン振りであった。

しかし……。

「メーヴィス、まだ？」

「も、もう少し待ってくれ……」

そう、レーナやポーリンに較べ、防具の装着に時間が掛かるメーヴィスが、一番着替えにも時間が掛かるのであった……。

＊　＊

「で、どうすんのよ……」

「最初の計画では、領主を懲《こ》らしめるはずでしたよね？」

「大見得《おおみえ》を切る見せ場があるって言ってたよね？」

星明かりの街道を歩きながら、みんなに責められるマイル。

「い、いいえ、こちらにも色々と事情が……」

マイルが必死で弁明するが、旗色は良くない。

「まぁ、無事救出できたのは良かったけど、領主に対する糾弾はどうするんだい？」

あまりにもマイルが責められるため、助けてもらったシュラナが居心地悪そうな顔をしているのに気付いたメーヴィスが、少し話題をずらした。

確かに街から離れつつある今、それは早く決めなければならないことであり、自然かつ妥当な話題である。

「それなんですけどね……」

　そして、天の助けとばかりに、マイルがその話に飛び付いた。

「このままでいいんじゃないかと思うんですよ……」

「「え？」」

　レーナとポーリンは驚いて声を上げたが、メーヴィスは驚いた様子がない。マイルがそう言い出すと予想していたのか、それとも自分も同じように考えていたのか……。

「いえ、今回の私達の任務……私が出した依頼ではありますけど……は、『獣人の幼女達の救出』ですよね？　わざわざ領主である貴族と真正面から事を構えて、領民が大迷惑を被《こうむ》る、というような被害を出す必要はないんじゃないかな、と……。

　誘拐の実行犯は捕らえたし、仲介役の商人は、まぁ、アレで潰せたでしょうし……。

　そして念の為、帰りにあの街に寄って確認して、もし万が一うまく言い逃れて無事であった場合は、再度潰してとどめを刺しますし……。

　これで、少なくともこの犯罪ルートは完全に潰れますよね？　最終的な『購入者』以外が全て壊滅したのですから。

　購入者は、まぁ、事情を知っていて買ったであろうとは思いますけど、今のところは『前払い分の給金としてのお金を払って手に入れた、住み込みの奉公人』という扱いで、別に虐待したり奴隷扱いしたりすることなく、普通の使用人達と同じ待遇だったわけですから……」

「善意の第三者、ってわけかい？」

「まぁ、そう言い張られれば、確かに否定はできませんよねぇ……」

善意の第三者、というのは、別に『善意がある人』という意味ではない。『特定の事情を知らなかった者』という意味であり、盗品であるということを知らずに購入した人のような、その人自身は犯罪行為に関わっておらず、そういう事情を知らなかった者、という意味である。

だから、本人が悪党だとか下衆な貴族だとかであっても関係なく、その件に関しては犯罪行為の存在を知らず、悪意のない普通の顧客として関わっただけであれば、『善意の』と言わざるを得ないのである。前回の、リリアを引き取った伯爵とかが、それに当たる。

なので、メーヴィスとポーリンが言う通り、『お金を払って、年季奉公の子供を受け入れた』ということ自体には、何の違法性もない。

「でも、たまたま仲介者から、っていうんじゃなくて、そいつが仲介業者に事前に獣人の子供の入手を発注した、ってことならどうなのよ？」

「『誘拐してこい』と指示した場合は共犯になるでしょうけど、それを証明するのは難しいのではないかと……。『獣人の若い女の子で年季奉公を希望する者がいたら、紹介してくれ』と言っていただけで、攫ってくるなんて話は知らない、と言われれば、それまでですよ。

実際、代価を払わずに無料で手に入れたのは実行犯だけで、仲介業者も貴族も、ちゃんとお金を払っているわけですからね、金額の大小や、それが明らかに相場からかけ離れた異常な金額であったとしても……。

『事情を知らずに奉公人を斡旋した商人』、『数十年分の給金を払って引き取った貴族』、共に立派な『善意の第三者』と言い張れます。

まぁ、現行犯で捕らえた誘拐の実行犯は言い逃れのしようもないですし、うちの国で捕まえましたから、問題ないですけど。

でも、仲介業者がクロなのは実行犯からの聞き取り調査《じんもん》で明白ですから、うちの国に来た場合には捕まえられますけど、この国ではどうしようもありませんからねぇ。この国の司法機関とは関係ないし、犯罪者の引き渡し協定もありませんし……。

まぁ、私達は仲介業者である商人がクロであることを『知っている』から、バレないように制裁する分には問題ありませんが……」

レーナにそう答えるマイルであるが、それは『私的制裁』である。

法的根拠のない、個人や私的グループによる勝手な報復行為。いわゆる、私刑《リンチ》であった。

それは、民衆の望みではあっても、明らかに違法であり、犯罪行為である。

「問題大ありのような気がするのだけど……」

「バレたら、ね」

正義を曲げたくないメーヴィスがマイルの言い分に疑問を呈《てい》するが、レーナは気にしないようであった。

……まぁ、マイルのことだから、『制裁』とは言っても、おそらく悪事を大々的に公開するとか、自業自得に持ち込むとかであり、理不尽な真似はしないと思っているのであろう。

「い～んですよ、細けぇこたー！」

「全然、細かくないよね！　すごく重大だよね、それ!!」

メーヴィスがそう指摘するが、マイルは気にした素振りもなかった。

マイルは、普段はその国、その場所における規則《ルール》を守ろうとする。

そしてレーナが暴走しそうになった時や、ポーリンが限度を超えた腹黒い企みをした時とかには、それらを制止する側に回る。

また、この世界ではそのような必要がない時にも、『正当防衛の要件を満たす』とか、『交戦規定《R・O・E》をクリアする』とかいう、レーナ達にとっては意味の分からない、余計な手順を踏もうとする。

……そしてレーナ達は、意味が分からないながらも、それが大きな問題とはならない限り、なるべくマイルの希望に沿うように行動してやっている。

そのマイルが、私的制裁を是《ぜ》とすることなど、普通であれば、あり得ない。

そう、普通であれば……。

「幼女だものねぇ……」

「はい、しかも、ケモミミですからねぇ……」

「あ〜、仕方ないか……」

しかし、それも無理はない。

その理由が、嫌というほど分かっている、レーナ、ポーリン、そしてメーヴィスであった……。

「でも、そのマイルがあそこの領主は見逃す、って言うんだから、ま、私は別に構わないわよ」

「うん、私も異議はないよ」

「同じく、井坂十蔵！」

仲間達がみんな自分の勝手な主張を認めてくれて、しかもポーリンは気を使って『フカシ話』における定番の台詞まで使って、自分があまり気にしないようにと冗談っぽい言い方をしてくれている。そう思い、仲間達の心遣いに感謝するマイル。

「じゃあ、今回はこのまま曖昧《あいまい》に、ということで……」

キラ〜ン！

メーヴィスの締めの言葉に、マイルの眼が光った。

……『ネタ発見！』の印である。

それに気付き、しまった、という顔のメーヴィス。

そして……。

「曖《アイ》！味《マイ》！まいる！　ひとりで殺《や》れるもん！」

「「「ハイハイ……」」」

何のことだか全然分からない幼女が、ひとりポカンとしていた……。

「じゃあ、このまま次、3人目のサリシャちゃん《シュラナ》を買った商人がいる街を目指しますよ！」

「「「おおっ！」」」

そしてちゃんと、ハンターとしての流儀で、右腕を掲げて了承の返事をしてくれた3人であった。

＊　　＊

「……そして、この街で宿を取り、問題の商家に関して調査を行ったわけですが……。結果は、」

「「「まっくろくろすけ!!」」」

……そう、街での評判も、普通の客の振りをしての店の偵察結果も、非常に典型的な『悪徳商人』以外の何ものでもなかった。

マイル達は、今まで大勢の正直な商人、そして大勢の悪徳商人達に出会ってきた。

ハンター養成学校を卒業した後すぐに出会った、岩トカゲの納入を依頼していた商人。

その岩トカゲ狩りに行く途中、『赤き誓い』に寄生しようとしてきた商人。

零細商店『アリトス』を陥れようとした商人。

……そして、レーナの仲間、『赤き稲妻』を裏切った商人に、ポーリンの父親を殺させ店を乗っ取った商人。

それらと同じ、『アカン奴オーラ』が出まくりの商人であった。

「……で、マズいのは……」

「うん……」

「聞き込み調査の結果、獣人の少女の目撃情報が全くない、ということですよね……」

そう、幼い獣人を買うのは『反抗しないよう、幼いうちから飼い慣らし、従順にさせる』ためであり、幼いうちに酷使してすぐ死なせるためではない。

だから、幼いうちは『年季奉公』ということにして普通の下働きとして働かせる、と思っていたのである。ふたり目の、シュラナのように……。

なのに、獣人の少女の目撃情報が、ひとつもない。

幼い少女に、力仕事である倉庫の荷出しや、戦場同然である裏方仕事を担当させるとは思えない。洗濯とかも、力もなければ手も小さく、物干し竿に手が届かないような者にできるわけがない。

せいぜい、掃除か賄《まかな》いの下拵《したごしら》え……芋の皮剝きとか、玉ねぎを刻む程度……くらいが関の山であろう。

そして、そういう雑用仕事であれば、他の使用人達と一緒に行動するであろうから、使用人の間で、そして一部の客達にもその存在が認知されているはずであった。

……それが、それらしきものを見たという証言は、客からも、メーヴィスが誑《たら》し込んだ……話し掛けて聞いた……若い女性従業員達からも、一切得られなかったのである。

「ま、まさか、既に弄《もてあそ》ばれた挙げ句、どこかの土の下に……」

そう言って蒼くなるメーヴィスであるが、ポーリンが首を横に振った。

「マイルちゃんが落ち着いてるから、それはないですね。マイルちゃんはいつも、『余裕ぶっこいてて、僅かの差で間に合わないとか、馬鹿のやることですよっ！』って言ってますからね。多分、探索魔法か何かで生体反応がしっかりしているのを確認して、怪我や病気で死にそうだとかいう状態じゃないことを確認してるんじゃないかと思います。

なので、今すぐにどうこう、という状況じゃないのでしょうけど、……リリアちゃんやシュラナちゃんの場合とは状況が全く違う確率がとても高い、と。

……そうなんでしょう、マイルちゃん？」

「………………」

マイルは、ポーリンの言葉に、真剣そうな顔でこくりと頷いた。

それを見て心配そうな顔のシュラナの頭を、ぽんぽんと優しく叩いてやるレーナ。

そして、うるうるした眼でレーナの顔を見上げるシュラナ。

「ああっ、レーナさん、何、美味しいとこ取ってるんですかあぁっ!!」

「マイル、せっかくのシリアスシーンが、台無しだよ……」

カッコいいシーンや名場面が大好きなメーヴィスが、がっくりと肩を落としていた。

「とにかく、夜に確認ね。マイル、今度は勝手な真似をしちゃ駄目よ！　状況を確認して、みんなで相談して、それから方針を立てるからね！

……あ、他の者にバレないようにサリシャちゃんに接触して、意思を確認するのはＯＫよ。

というか、それを確認しなきゃ、以後の方針の立てようがないわよね」

こくこく

＊　　＊　　＊

そういうわけで、夕方になるのを待って出撃した、マイル。

他の３人とシュラナは、宿屋で待機である。

マイルがサリシャを見つけてふたりだけで話せる機会が、皆が寝静まってからとなるか、それより早く訪れるかによってマイルの帰還時刻は大きく変わるであろうが、どう対応するかの相談は今夜中に終わらせなければならない。結果はどうあれ、実際に動くのは明日の朝以降、場合によっては夜になってからとなるので、時間は充分ある。

もし今夜の相談が長引いた上に明日の朝イチで動くことになっても、問題はない。

ハンターたるもの、一日や二日の徹夜など、さしたる問題ではない。何せ、不眠不休での危険な森の中や敵中突破とか、追い縋《すが》る襲撃者や魔物の群れから商隊を護りながら、昼夜を問わず延々と逃げ続けるとか、そういうことが別に珍しくもないのだから。

マイル達は、そういった面では比較的『ヌルい依頼』ばかりを受けており、実際にそのような目に遭ったことはあまりないが、勿論、それに備えての訓練や心構えはしている。

……それに、ただ『マイル達にとっては、ヌルい依頼』であっても、他のパーティにとっては充分過酷なものもあったため、別に『赤き誓い』が過酷な依頼を避けていた、というわけではない。

他のパーティには、アイテムボックスも、携帯式要塞トイレも、携帯式要塞浴室も、警報機能付き夜営用障壁《バリア》魔法もなく、そして『マイル』がいなかった。ただ、それだけのことであった。

（不可視フィールドを展開して、と……）

問題の商店に近付いたマイルは、侵入のための準備を行った。

今回は、遮音フィールドは展開しない。それを使うと、マイルにも外部からの音や声が聞こえなくなるため、都合が悪いからである。

蛇《へび》の魔物や蛇獣人……蛇は獣ではないので、そんなのは存在しないが……と戦うわけではないので、温度の遮蔽《しゃへい》は必要ないだろうと考え、それに対処するための魔法も使っていない。

臭い対策も不要であろう。

そう、人間は、生物の中ではかなり『チョロい』のであった……。

衣服は、前回と同じ理由（万一発見された時、他の店からの使いか何かだと思わせ、いきなり大声で叫ばれる確率を低下させるため）で、この店のものとは少し異なるものの、ありふれた、商店の使用人や使い走りが着ているようなものを着用。

こういうところは細かい気遣いをするのが、マイルである。

……そしてそんなところに気を回せるなら、もっと基本的なことに気を回した方がよいのではないのか、というメーヴィス達の思いがマイルに伝わることはなかった。

（よし、潜入《スネーク》開始！　……ダンボールはないけれど……）

そして、前回の子爵家侵入時と同じようなパターンで商家に侵入したマイルであるが……。

（いない……）

最初に店の様子を偵察に来た時、探索魔法で敷地内に獣人らしき反応を感知し、それが衰弱している様子がないものであったため安心したマイルは、正確な位置を確認しなかったのである。すぐに侵入するわけでもないのに、その時点での居場所を確認しても意味がない、と考えて。

そして今、探索魔法を使えば獣人らしい反応源の位置を局限できるが、マイルは最初からそれをやるのは『ちょっと違う』と思っていたのである。

勿論、ケモミミ幼女の危機とかであれば躊躇なく使うが、今はそれほど差し迫った状況ではない。なのに何でもかんでもすぐにチート魔法に頼っていては、それは『ごく普通の、平凡な、どこにでもいる女の子』の枠から少しはみ出すかもしれないと考えたわけである。

そう、かもしれない、と……。

それでも、じっくりと捜すとか、夕食の時に使用人達の食事場所で、あるいは使用人用の賄いよりも粗末な、残飯同然の食事が一人前だけどこかへ運ばれるのを待ち、その後をつけて、とかで捜し当てることができるかもしれない。

そう考えて、うろうろと屋敷内を歩き廻るマイル。

勿論、店舗部分だけでなく、その奥にある事務所や倉庫、従業員達の居住区や商会主一家の居住区等、あちこちを歩き廻った。そして……。

（まっくろ、くろすけ……）

番頭や大番頭、そして商会主の会話から、この店がかなりあくどい、いや、明らかに犯罪行為、詐欺行為の常習犯であることが明らかとなった。

また、商取引としての悪事だけではなく、チンピラやギルドを除名処分となった元ハンターとかを使った、暴力による犯罪行為も……。

仕入れ先に対する脅しや強要。ライバル商会に対する工作や放火、強盗。

勿論、それらは『自分達とは関係ない、見知らぬ犯罪者による犯行』として、黒幕であるこの商会が表に出ることはない。

時間が余ったことと、あまりにもこの店のやり口が酷いため、マイルはこっそりと書類を漁った。

そして、探索魔法を使うまでもなく、簡単に隠し金庫を発見したマイル。

絵画の後ろに隠し金庫、とか、あまりにも安直であった。

まあ、現代日本においては絵画や掛け軸の後ろとかはあまりにもありふれた隠し場所であるが、テレビも漫画もないこの世界では、『ふはは、こんなところに隠されているなどと、誰にも分かるまい！』とか考えているのであろうが……。

そしてこの程度の文化レベルの世界における金庫など、……いや、たとえ現代地球の金庫であろうとも、マイルとナノマシンにとっては赤子の手を捻るようなものであった。

マイル　「やれ！」

ナノマシン【はっ！】

……というような感じで……。


（ふむふむ、『悪徳商人犯罪セット』、コンプリートですか……。スペシャルもこなしているから、ノーマルコンプではなく、フルコンプですね……）

人が近付けば分かるように探索魔法を常時展開しているが、危険を減らすため、金庫から素早く書類を取り出すと一旦金庫を閉め、部屋の隅っこで不可視フィールドを張ったままじっくりと書類を調べるマイル。

（……え？　何これ？　奴隷……、って、数が多すぎ！　獣人だけじゃなくて、人間の違法奴隷も扱ってますよ、ここ！　ただの顧客じゃなくて、流通センターですよっっ!!

あ、だから奴隷は人目に付かないところに隠してあるのか！　すぐによそに売るから……）

どうやら、サリシャが転売される前に間に合ったらしかった。

いや、もし間に合っていなかったとしても、マイル達はこの店を締め上げて転売先を吐かせていただろうから、それはただ、潰れる商会か貴族家がひとつ増えるだけであったろうが……。

（よし、書類は、ちゃんと金庫に戻して、と……）

隠していた書類が消え失せていれば、騒ぎになってしまう。それに、マイル達がこの書類を警備隊に届けても、なぜマイル達がそんなものを持っているのか、ということになるし、買収されている上役に偽の書類だとして没収されて、マイル達が捕らえられることになりかねない。

なのでここは、囚われのサリシャを確実に取り戻し、この書類はこ、この金庫に入っていい、いる状態で発見されるというのが望ましい。

（あ！　もう従業員達の夕食が始まっちゃってる……）

書類の確認に思ったより時間がかかり、マイルが気付いた時には、もうそんな時間になってしまっていた。

（しまったなぁ……。サリシャちゃんのところへ食事が運ばれる時に後をつけて、と思っていたのに。この様子じゃ、サリシャちゃんが他の従業員達と一緒に食事をする可能性は、ほぼないよねえ……）

これでは、また屋敷中を探し回らなければならない。

（……もういいや。面倒だから、探索魔法を使おう……）

あまり何でも魔法に頼るのは良くないと思い、探索魔法なしで捜そうとした決意は、何だったのか。

もしここにレーナ達がいたら、こう呟いたであろう。

『『『マイル……。意思、弱すぎ!!』』』

そう、マイル、拘《こだわ》るところでは拘りすぎるくせに、そうでない場合には、怠惰《たいだ》で、適当すぎであった……。

（あれ？　距離は近い。……超至近距離なのに、見当たらない……、って、そうか、地下かっ！）

マイルは、ぐぬぬ、と顔を歪めた。

（金持ちや権力者の屋敷で、他者の眼から隠したいであろう獣人の幼女を地下に置くというのは、普通、常識的に考えて、……幼女を愛でるための豪華な部屋を造って、もふもふ天国を実現しているに違いない！　くそっ、私の人生における最大の夢が……、って、そんなわけがあるかああああっっ!!）

マイル、激おこである。

さすがのマイルも、そこまで常識知らずではなかったようであった。

（床の隠し扉は……、と、あった、これですね……）

探索魔法により、床下の空洞部分は簡単に探知できる。ならば、それが一番床面に近い部分が入り口である。

そして場所さえ分かれば、複雑な機械的機構や電子ロックシステムがあるわけでなし、魔法を使うまでもなく、マイルの解錠能力《ばかぢから》の前には原始的な錠前など何の意味もなかった。

隠し金庫の時のように、ナノマシンに頼んだ方がもっと簡単であっただろうが……。

そして、人気《ひとけ》がないのを確認したマイルは、素早く隠し扉の中へと滑り込んだ。

……いくらマイルの姿は見えなくとも、隠し扉が勝手に開閉するのを見られるのはさすがにマズいので……。

（階段を下りたところは、何もない狭い部屋ですか……。そして、奥へと続く扉がひとつだけ、と。まぁ、地下ダンジョンとかじゃないのですから、そんなに広いわきゃーないですよね。碌な強度計算もせずにあまり広く掘ると、地上の構造物の重さで崩落しそうですし……）

マイルであれば、壁面や天井部に固定化魔法や強化魔法を掛けたり、柱を造ったりして、ちゃんと対策するであろう。勿論、この世界の者でも、プロの設計者や建築家であれば、設計段階で構造強度の計算を行うであろうから、問題ない。

……しかし、ここはどうも、そういう雰囲気ではない。

でこぼこの壁や天井部、歪《いびつ》な角の部分、不均等で歪んだ部屋の形……。

そう、どう見ても、『適当に掘っただけ』、という地下室であった。おそらく、素人が人海戦術で掘ったものなのであろう。

なので、最初に掘り下げてから地下室部分のある建物を建てたわけではなく、完全に後付け、『建物の地下に後から穴を掘って部屋にした』というだけの杜撰《ずさん》なものらしかった。

そんなことを考えながら、階段を下りたところの小部屋に唯一ある扉へと向かうマイル。

部屋の向こうにある虫やネズミ以外の生体反応は、ひとつだけ。ここの主は、閉じ込めた幼女に見張りを置く必要は感じていないらしかった。

そして、相手を驚かさないようにと不可視フィールドを解除したマイルが、そっと扉を開けると……。

そこにいたのは、先日助け出したシュラナと同じく4～5歳くらいの、大きなウサギ耳を付けた幼女であった。

幼女とはいえ獣人だけあって、扉が開いた気配か、もしくはマイル自身の気配を感じたのか、扉の方は見ていなかったはずなのに、その子は、ばっ、とマイルの方を向いた。

しかし、反射的にそうしたものの、その行動には何も意味がないと思ったのか、幼女は再びマイルから視線を外して、黙ったまま俯いた。

（そこは、『どなた？』ですよっ！　そう言ってくれないと、『泥棒です……』って言えないじゃありませんかあああぁっっ!!）

マイルの、心の中の血の叫びに気付くことなく……。

（いや、それは置いといて！　うさ耳ですよ、うさ耳‼　いやいや、それも一旦置いといて！

何ですか、これはっ‼）

マイルは、自分の煩悩《ぼんのう》は一旦保留して、……保留しただけであり、決して打ち払ったわけではないし、そもそも、打ち払うつもりもなかった……、くわっと両眼を見開き、怒りにぷるぷると震えていた。

自分とうさ耳幼女の間を隔てる、木製の格子。

その向こうには、幼女、古ぼけたベッド、食事用らしき小さなテーブルと椅子。

……そう、それは俗に、『座敷牢』と呼ばれるものであった。

数人用らしきその座敷牢にいるのは、うさ耳幼女ひとりだけである。

多分、今はたまたまひとりなだけであり、複数の奴隷が入れられることもあるのだろう。

それに、座敷牢はこのひとつだけではない。誰も入っていない、空《から》のものがいくつか並んでいる。

やはり、ここは違法奴隷の中継場所なのであろう。

マイル達が最初に行った『受け手』の商会。実行犯を雇ったああいうところがいくつかあり、それらの商会から送られてきた違法奴隷が、ここを経由して各地へと送られる。

そういうことなのであろう。

そしてマイルは、小さな声で呟いた。

「…………許さん……」

第百十章　潰す

「……潰す」

怒りの呟きに続き、ぼそりとそう溢したマイルであるが、慌てて首を振った。

「いやいや、それは後です！　レーナさん達との、今後のお楽しみですよっ！　今は、この子を安心させるのが先決です!!」

そう、マイルは己の望みよりも、幼女の保護を優先する紳士なのであった。

……マイルは女の子であるが、紳士である。何の不思議もなかった。

「サリシャちゃんだよね、獣人の村の。

今からとても大事な質問をするから、『はい』か『いいえ』で答えてね？」

「…………」

いつも苛めに来る人間でも、水や食べ物をくれる人間でも、商人《あいつ》に連れられてくる見物客でもない。そう気付き、最初は無関心であった幼女が、再びマイルの方に眼を向けた。

そして、マイルの姿をじっくりと眺めたサリシャは、くわっ、とその両眼を大きく見開いた。

「いい？　質問するよ？

あなたは、ここを逃げ出して、村に帰りたい？

あなたは、ここを逃げ出して、村ではなく別のところへ行きたい？

あなたは、ここを逃げ出すことなく、このままここにいたい？」

「……」

「…………」

「……………」

暫《しば》しの沈黙の後、幼女ははっきりと答えた。

「はい！　いいえ！　いいえ!!」

（うん、いい返事だ！）

サリシャの元気な返事に満足して、腕を組んでうんうんと頷くマイル。

先程まで無気力そうだったサリシャが急に元気になったこと。そしてなぜか、初対面であるマイルを無条件に信じているらしきこと。

普通に考えれば少し不思議ではあるが、マイルは全然気にした様子もなかった。どうやら、自分は幼女に好かれて当然、という、何の根拠もない自信を持っているようであった。

……そして、マイルが個人的な性癖《おかしなシュミ》で頭に装着しているネコミミカチューシャ、役に立ちすぎであった……。

「私は、依頼を受けて救出に来たハンターです。明日、改めて仲間と一緒に助けに来ますから、もう1日だけ我慢してくださいね。

そして、救出作業に役立ちそうな、サリシャちゃんの待遇やここに来る者の人数やその用件、食事の時間、その他何でも、分かること全てを教えてください。それによって、明日の作戦の詳細や実施時間などを考えますので……」

マイルの頼みに、サリシャは大きく頷いて、知っている限りのことを話し始めた。

まだ、夜は始まったばかりであり、時間は充分にある。そしてここは隔離された場所であり、誰かがいきなり部屋に入ってくる心配もない。マイルが探索魔法により短間隔で地下への入り口がある部屋と地下部分を探査すればいいだけのことであった。

そして更に、高性能な『マイルイヤー』により、入り口を開閉する音を聞き逃すこともない。

出入り口が一カ所なので、探知してからでは逃げ道がないが、不可視フィールドで姿を消してこっそりとすれ違って逃げるとか、姿を消して部屋の隅に蹲《うずくま》っているとか、気付かれないための方法はいくらでもある。

そのため、マイルはサリシャから話を聞き始める前に、もし誰かが来たら透明魔法で姿を見えなくするけど驚かないでね、と、ちゃんと説明しておいたのであった。

斯《か》くして、マイルは詳細な情報を入手し、仲間達が待つ宿へと引き揚げたのであった。

勿論、引き揚げる途中で、夜間における店内の警備状況その他を確認するのを忘れたりはしていない。

＊　＊

「……じゃあ、ポーリンは強硬策がいいと？」

「はい。今回の買い主である商人は、明らかに言い逃れのしようのない犯罪行為を行っています。それも、重罪である悪質なことを、常習的に……。

なので、サリシャちゃんをこっそり救い出しても、また次の女の子……それが獣人かどうかは分かりませんが……を手に入れようとするでしょう。

あの規模の商家ならば、色々な伝手《つて》やコネ、人脈とかがありますから、新たな仲介業者、俗に言うところの『違法奴隷業者』とか、実行犯である犯罪者とかに繋ぎを取ることも簡単でしょうからね。

おそらく私達によって潰せたであろう、あの受け手の商会を失っても、すぐに代わりを用意するでしょう」

「う〜ん、確かに、その手の商人なら、そういう方面には繋がりがありそうだよねえ……。

そして、今回人間ではなく獣人の女の子を手に入れたということは、次はまた別の獣人の村を狙うとか、もし獣人が手に入らないとなれば、エルフとかドワーフとか魔族とか、他の人間以外の種族の女の子を狙うかもしれないよね。

それって、もし露見すれば、大問題を引き起こしかねない大事《おおごと》だよねぇ……」

古《いにしえ》の約定については、古い話なので、王族や、子孫にしっかりと情報を伝えている古くからの貴族以外の者には、あまり深刻に捉えられていない。

勿論、オースティン家はしっかりと伝えているクチであり、だからメーヴィスもそれに関しては完全に理解していた。

その他にも前回の事件のことがあり、あの時に『赤き誓い』のみんなは『古の約定』についての話を聞いている。

そのため、ポーリンが提案した『強硬策』に、レーナとメーヴィスも反対する様子はなかった。

そしてマイルはと言えば……。

「許さん……」

斯くして、方針は決定された。

＊　　＊

「サリシャちゃん、事前準備に来たよ！」

朝2の鐘《午前9時》よりかなり前に、サリシャが捕らえられている、座敷牢のようなものがある地下室に再び姿を現したマイル。

「ちょっと、お化粧《メイク》をするからね。その後のことは、お化粧《メイク》をしながら説明するよ」

そしてマイルは、他の者が入ってこれないように、上の部屋から地下へと下りる出入り口を土魔法で封鎖してから、チョチョイと鍵を開け、牢の中へと入っていった。

一日の最初に誰かがここへ来るのは、朝2の鐘のしばらく後、粗末な朝食兼昼食《ブランチ》が与えられる時なので、出入り口を封鎖しなくても作戦には支障ないはずである。

しかし、予定外の訪問者に備えて、対策は怠《おこた》らないマイルであった。

そう、その時まで、お化粧《メイク》を終えたサリシャの姿は誰にも見せるわけにはいかないのだから……。

＊　　＊

「サリシャちゃんのお化粧《メイク》と説明は終わりました。準備完了です！」

既に宿を引き払い、近くの空き地で待機していたレーナ達にそう伝え、いよいよ作戦開始である。

「じゃあ、行くわよ。作戦名、『強襲』。方針は、『ガンガンいこうぜ』よ！」

……そのまんまの作戦名であった。

「赤きちか……、『赤き血がイイ！』、出撃！」

「「「おおっ!!」」」

＊　　＊

朝2の鐘《午前9時》、丁度。

主立《おもだ》った商店が店を開き、……そして警備隊詰所も夜勤の者と日勤の者の交代・引き継ぎが終わり、事件があればいつでも出動できる状態になっている時間である。

そう時間に厳密ではない仕事に出る者達で、街路には多くの人が行き交《か》っている。

そして、大通りを歩いてきた、帽子をかぶった4人の可愛い少女達が、とある商店の前で足を止めた。

「ここです」

「……じゃあ、やるわよ。せーの！」

「「「誘拐されて奴隷にされている、獣人の女の子を返してもらいに来ました～！」」」

「「「誘拐されて奴隷にされている、獣人の女の子を返してもらいに来ました～！」」」

「「「誘拐されて奴隷にされている、獣人の女の子を返してもらいに来ました～！」」」


何事かと思い、そして少女達が叫んだ台詞のあまりのヤバさに、道行く人々が全員立ち止まり、目を剥いて少女達を凝視していた。

そして、叫び続ける少女達に、どんどん集まってくる人々。


どたどたどたどたどた！


そして店の中から、顔を引き攣らせた10人前後の男達が飛び出してきた。

4～5人は店員らしき者達であるが、あとの5～6人は顔付きと服装、そして腰に佩《は》いた剣から見て、警備員……というにはあまりにもアレな、護衛というか、用心棒というか、とにかくそういうヤツであろうと思われる。

普通の、まともな商店であれば、強請《ゆすり》や悪質なクレーマー、チンピラ対策等で2～3人の警備員を雇うことはある。しかし、こんな悪党面《づら》をした連中を5～6人も雇うのは、余程問題のある……というか、まともではないところだけである。

「何、とんでもないことを大声で叫んでやがる!!」

そして店員らしき者のうちのひとりが、4人の少女達に向かって怒鳴りつけた。

「いえ、私達は、今お願いしましたとおり、誘拐されて奴隷にされている獣人の女の子を返してくださいい、と……」

「あれの、どこが『お願い』だあぁ！　それに、そんなものは知らん！　根も葉もないデタラメを言いやがって！」

店の者にそう反論され、ポーリンがにやりと嗤《わら》った。

そして、大声で……。

「ああっ、穏便に話し合いで済ませようとしたのに、獣人の少女を誘拐して奴隷にしている者達に交渉を拒否されてしまいました！　かくなる上は、少女を救出するために、凶悪犯罪者と戦うしかありません！　さあ、皆さん、少女を助け出すために、正義の戦いを行いましょう！」

「「「お～～!!」」」

わざとらしく、何度も『獣人の少女』、『誘拐』、『奴隷』というパワーワードを大声で繰り返したポーリン。

そして4人は、かぶっていた帽子を一斉に取った。

そこから現れた、ネコミミ《マイル》、イヌミミ《メーヴィス》、キツネミミ《レーナ》、……そしてタヌキミミ《ポーリン》。

「「「「じゅ、獣人……」」」」

店の者や集まった群衆達から驚きの声が漏れた。

……勿論、その正体は、マイル謹製、手作りケモミミカチューシャシリーズであった……。

「じゅ、獣人だと……」

「そ、それも、４人も……」

「た、ただ事じゃねぇ……」

「そんなの、最初の口上を聞いた時点で分かってたじゃねぇか……」

「誰か、警備隊詰所に知らせろ！」

ざわつく群衆達が色々なことを言っているが、マイル達はそれらを気にすることなく、スケジュールを進行させた。

既に宣戦布告、つまり戦闘開始は通告済みである。

そして、相手が凶悪犯罪者であるということ、これは囚われの少女を救出するための正義の戦いであること、話し合いで何とかしようとしたにも拘わらず、犯罪者側がそれを拒否したための、やむなき戦いであることを、大々的に告知済みである。

なので……。

「ウィンド・カッター！」

「ウィンド・エッジ！」

「クレイ・ピラー！」

「ウォーター・ランス！」

ばしゅどこんしゅばっずどどどどど！

街中《まちなか》なので火魔法は避け、風魔法、気の力（実は風魔法）、土魔法、そして水魔法を、次々と撃ち込んだ『赤き血がイイ！』の４人。

そして……。

「どうして俺達にじゃなくて、全部店に向けて叩き込むんだよおおぉ～～!!」

店の者達が、悲鳴を上げた。

いや、決して、自分達に向けて攻撃魔法を放って欲しいと思っているわけではない。皆、そのような怪しい性癖を持っているわけではなかった。

……しかし、４発の攻撃魔法を叩き込まれて、出入り口や高価《たか》そうなガラス張りの前面部分が吹き飛び、売り場の大部分がぐちゃぐちゃになった自分達の店を見ては、そう叫んでしまうのも無理はなかった。

そして……。

「ウィンド・カッター！」

「ウィンド・エッジ！」

「クレイ・ピラー！」

「ウォーター・ランス！」

ばしゅどこんしゅばっずどどどど！

「やめろ！　やめんか！　やめろおおぉ～～!!」


「ウィンド・カッター！」

「ウィンド・エッジ！」

「クレイ・ピラー！」

「ウォーター・ランス！」

ばしゅどこんしゅばっずどどど！


「「「「や、やめろおおおおぉ～～!!」」」」


「ウィンド・カッター！」

「ウィンド・エッジ！」

「クレイ・ピラー！」

「ウォーター・ランス！」

ばしゅどこんしゅばっずどどどど！


「せ、先生方、お願いします！」

堪らず、店員達の中で一番年配らしき者が、用心棒達に向かってそう叫んだ。

どうやら、マイル達の口さえ塞げば、あとは何とかなると思っているようである。

確かに、警備隊の幹部を買収していたり、貴族と懇意《こんい》にしていたりすれば、決定的な証拠がなく証人もいなければ、どうにでも、……いや、証拠があり証人がいても、どちらもなぜかいつの間にか消えてしまえば、問題はない。今までも、何度かそういうことがあったのであろう。

そして……。

「仕方ねぇなぁ……。ま、いくら小娘とはいえ、魔術師と剣士……4人が相手じゃあ、ただの店員にゃ荷が重いか……」

剣士の恰好をしているが魔法を放ったマイルとメーヴィスに、一瞬言い淀《よど》んだ用心棒のリーダー格であるが、一応、剣士としてカウントすることにしたらしい。

「おい、テメェら、やるぞ！」

「ほ～い……」

小娘達を舐めきった態度で、それでも報酬額分の仕事はしないとマズいと思ったのか、のそりとマイル達に近付く用心棒達。

……そして、マイルが大声で叫んだ。

「ああっ、凶悪犯罪者達に襲い掛かられました！　身を守るため、仕方なく正当防衛で相手と戦いましょう！」

完全な、棒読み。大根もいいところであった。

「一番、剣士メーヴィス！　よろしくお願いします！」

「「「「え？」」」」

何を言われたのか、分からない。

そんな顔で、立ち止まりぽかんとしている用心棒達。

「……いえ、一番手は私が、と……。先にしないと、後だと私の出番がなくなるおそれが大きいですから……」

ごく真面目な顔でそう言ったあと、にっこりと微笑むメーヴィス。

人数も、ひとりひとりの戦闘力も、共に遥かに劣っている。

それならば、魔術師がいることを武器にして、前衛と後衛でフォーメーションを組んで、『ハンターらしい戦い方』をするべきである。

なのに、ひとりずつ戦うなど、個別撃破のカモであり、愚の骨頂である。

いくら新米であろうと、あまりにも愚か。あまりにも『戦い』というものを甘く考えている。

「仕方ないわね……」

「そういえば、メーヴィス、最近出番が少なかったですね……」

「ここは、リーダーに花を持たせないと、ですよね……」

そして、メーヴィスに気を遣って、少し後ろに下がるレーナ達、３人。

「「「「…………」」」」

若くとも、魔術師であればベテラン剣士と戦える者もいる。

しかし、剣士同士となれば、身体能力と才能、そして経験が全て。

そして経験とは、鍛錬に費やした年月と、修羅場を潜《くぐ》った回数が全て。

なので、熟練剣士に勝てる若い魔術師はいても、熟練剣士に勝てる若い剣士はいない。

それが、17～18歳の、しかも女。

「……俺がやろう」

苦笑と共に、ひとりが剣を抜きながら一歩踏み出した。

「お花畑のお嬢様に、この俺様が現実というものを教えてやる。ついでに、『いいコト』もな……」

そう言って、剣を構えて……。

「神速剣！」

ばしっ！

どさり
「「「「え？」」」」

倒れ伏す、ひとり目の男。

……一瞬で終わった。

勿論、剣の腹で打つ『平打ち』なので、殺してはいない。

何の不思議もありはしない。

兵士になることも、ハンターになることもできなかった、日々の鍛錬も怠るような男に、メーヴィスが後《おく》れを取るわけがない。真・神速剣を使う必要すらなかった。

そして……。

「2番、普通の女の子、魔法剣士マイル。よろしくお願いします！」

「魔法剣士、って時点で、既に普通の女の子じゃないわよ！」

レーナの突っ込みはスルーして、ずいっ、と前に出るマイル。

「……ふざけやがって！」

用心棒の中から、再びひとりが前に出た。

さすがに、残り5人全員で襲い掛かるのはプライドが許さなかったのか、それともメーヴィスと違い明らかに15歳未満の未成年、そして魔術師ではなく剣士装備で、華奢な身体に細くてつるつるの手、抜けた顔で、動きが全くの素人であるマイルを問題外だと思ったのか……。

周囲には、大勢の野次馬……観衆がいる。ここでマイルひとりに全員で襲い掛かったりすれば、面子丸潰れ、もう誰も用心棒として雇ってはくれなくなるだろう。……たとえ勝ったとしても。

未成年の駆け出しハンターの少女に、5人掛かりでないと戦えない用心棒。

そんなの、誰も雇おうとするはずがない。

「殺す気はないが、火遊びを後悔させてやる……」

そう言って、剣を抜き構える男。

そして……。

「秘技、雷光剣！」

マイルが必殺技を放った。

……ただの普通の斬撃で、メーヴィスの神速剣に対抗してカッコ良さそうな名を適当に叫んだだけである。

チィン！

ばしっ！

どさり
マイルの剣は男の剣の剣身をすっぱりと切断し、その後角度を90度変え、脇腹へと打ち込まれた。

先程のメーヴィスと同じく、相手を殺さないための平打ちである。

「「「…………」」」

目を剝いて、信じられない、という顔の４人の男。

その気持ちは、観衆の皆が察していた。

そしてマイルが下がり、……もはや男達は余裕も慢心もなく、そして矜持さえも失っていた。

「「「でやあああああぁ～～!!」」」

一斉攻撃。

それも、メーヴィスとマイルが下がった今、前にいるのは明らかに後衛職の魔術師である、ふたりの少女。

まだ詠唱を開始していない、実戦慣れしていない新米魔術師など、この至近距離で前衛職に踏み込まれればひとたまりもなく斬り捨てられる。

用心棒、それも街中での護衛や商店での警備を行う者は、その大半が剣を得物とする。狭い店内では槍や弓は使いづらく、通常の状態から一瞬の内に攻撃や防御を行うには、やはり剣が適しているからである。

なので、タイミングを合わせての同時斬撃が可能であった。

こんな仕事をしてはいても、一応はプロなのである。仲間との連携くらいは練習していた。

至近距離で、詠唱を始めてもいない新米魔術師に先制攻撃。

負ける要素はゼロであった。

そう、普通であれば……。

「ソイル・ピラー！」

ずん！

「「「「ぐえっ!!」」」」

男達の足元から、直径2～3センチの土の柱が勢いよく生えてきた。……短間隔で、何十本も。

そのため、それらが邪魔になって男達は動けない。

そして当然のことながら、そのうちの何本かずつが、男達に命中した。……下から、股間部に。

声も出せずに悶絶《もんぜつ》する者。

目玉がぐるんと回り、白眼を剝いて気絶する者。

横に倒れ、今度は自ら土の柱の尖端部に身体を叩き付けることになった者。

「アイス・スピアー！」

そして今度は、何本もの氷の槍が前方から襲い掛かった。

先を丸められて突き刺さらないようになってはいるが、氷の棒に勢いよく突かれて、何ともないわけがない。既に完全に戦闘能力を失っている者へのそれは、明らかにオーバーキルであった。

……死んではいないが。

そして観衆達は、男女の別を問わず、全員がキュッと股を閉じていた。痛そうな顔をして……。

詠唱省略魔法。

マイルと、マイルから教えを受けた『ワンダースリー』のみが使える本当の無詠唱や詠唱省略の魔法とは違い、レーナとポーリンが使えるのは『頭の中で詠唱する、なんちゃって無詠唱魔法と、なんちゃって詠唱省略魔法』であるため、それなりに時間がかかる。

しかしメーヴィスとマイルが戦っている間に、頭の中で詠唱してホールドしておく時間はたっぷりとあった。なので即座にそれを放つことができたのであった。

「「「「…………」」」」

半泣き、いや、全泣き状態である5人の店員達が、忠誠心か『このまま何もしなければ、あとで自分の立場がヤバくなる』と思ってのヤケクソなのかは分からないが、メチャクチャに両腕を振り回しながら『赤き血がイイ！』の4人に飛び掛かろうとしてきたが、勿論、全員メーヴィスによって叩き伏せられた。

マイルの、『ああっ、凶悪犯罪者達に再び襲い掛かられました！　身を守るため、仕方なく正当防衛で相手を取り押さえましょう！』との説明台詞と共に……。

先程の用心棒との戦いを見て、殺されることはなさそうだと思い、うまく怪我をしないように倒してもらえれば商会主への面目が立つとでも考えたのか……。

勿論、両刃の剣では峰打ちはできないため、メーヴィスは剣を剣帯から鞘ごと外して、抜かずにそのままで打ち据えたのである。『峰打ち』や『平打ち』ならぬ、『鞘打ち』であった。

素人相手では平打ちですらキツいであろうと考えたのか、メーヴィスの心遣いであった。

なので、おそらく大した怪我もしていないであろう。店員達の希望通りである。

普通、鞘はそんなに頑丈ではないが、マイル謹製の品なので、そう簡単に壊れるようなことはない。

また、マイル達は朝2の鐘《午前9時》丁度、つまり開店と同時に行動に移ったため店内にはまだ客はおらず、売り場にいた店員は全員が表に飛び出していたため、売り場には誰もいなかった。

そのことをマイルが探索魔法で確認してからの攻撃であったため、先程の店舗部分に対する攻撃魔法の威力は何の遠慮もないものであったが、死傷者はいないはずであった。

勿論、売り場より奥には他の店員や使用人達がいたであろうが、店舗部分への攻撃魔法の炸裂音と破壊音を聞いて、全員裏口から逃げ出しているであろうから、以後の攻撃も安心である。

下っ端店員ではなく、もっと上位の者達、つまり商会主や番頭達の姿がないが、おそらく裏口から逃げ出して、大回りしてこちらへ向かう途中なのであろう。

そう考えながら、4人が再び店舗に対する攻撃魔法の連射を続けていると……。

「や、やめろ！　何をしている！　ああ、あああ、私の店があああぁっ!!」

数人の男達と共に、でっぷりと太った男がよたよたと駆け寄り、店の惨状を見て頽《くずお》れた。

「あんたが、獣人の少女を誘拐して奴隷にしている凶悪犯罪者ね？　古《いにしえ》の約定に真っ向から喧嘩を売って、再び人間と亜人との争いを起こそうとしている大罪人の……」

「亜人大戦の再発を企んだ、邪神教徒でしょうか……」

「なっ！」

レーナとマイルに大声でとんでもないことを言われ、蒼白になった商会主。

もし今言われた罪状が事実であれば、関係者は全て打ち首獄門、商会はお取り潰しで私財没収は確実である。それは、慌てるであろう。

ならば、なぜそのような馬鹿なことをやらかしたのか。

それは、普通であればバレることはない、と考えていたからであった。

自分には全く関係のない奴隷などのために、自分の命、そして家族や親族の命を危険に晒す従業員や使用人など、いるはずがない。

それが、商会主の考えであった。

また、違法奴隷を見せてやった得意客にしても、一応は相手を選んでいるし、互いに裏切るような間柄ではない。

……信頼しているというわけではない。互いの弱味を握っているから裏切れない。それだけのことであった。

また、密告されれば、その者も仲間であったと言い張って道連れにするであろうことは容易に察せられる。

いくら『自首すれば罪一等を減ずる』とは言っても、縛り首になるところを斬首刑にしてもらえるとか、その程度であろう。……大して変わらない。

とにかく、密告しても何もいいことはなく、そして確実に道連れにされる。

そう、ネガティヴな意味での、一蓮托生《いちれんたくしょう》、運命共同体、そして強い仲間意識と強固な団結で結ばれた仲間《どうるい》達なのであった。

そして、人間の違法奴隷はともかく、獣人や魔族達『亜人』は、いくら人間と同権とは言っても、それはあくまでも建前の話であり、あの亜人大戦の時に口出ししてきた忌々《いまいま》しい古竜達に押し付けられ、やむなく受け入れた条件に過ぎない。

亜人は、あくまでも『ヒトに非《あら》ず』。

だから、『亜人』。『人に準ずるモノ』であり、決して人間には届かない、人間未満のまがい物。

そういう、未《いま》だ古くさい昔の考えに染まったままの者は、まだ多数存在する。そしてそれらの者達は、他の者も腹の底では皆同じ考えであろうと思っているのであった。

そう、亜人の一種である獣人の子供をまるでペットの動物のように飼い、得意客に見せて自慢する、この商会主のように……。

万一、従業員か使用人の誰かが警備隊に届けたところで、街の有力者であり領主と懇意、そして警備隊の上層部には賄賂を掴ませているため、届けた者が捕縛され、罪に問われて犯罪奴隷落ち。

残された家族は『虚偽の訴え』による迷惑行為と、でっち上げられた汚職に対する賠償金を請求されて、借金奴隷落ち。

それが分かっていて、自分達の身を滅ぼすような無謀な行動に出るような者は、この商会にはひとりもいなかった。

そして、そういう真面《まとも》な者は、とっくに淘汰《とうた》されていたのである。

ある者は首にされ、ある者は自分で辞め、またある者は身に覚えのない罪や失敗の責任を取らされて……。

淘汰圧。

それは、愚かな個体や種の存続に不適格な個体が排除されるための、自然による選別。

しかしこの商家においては、それが『まともな者』を排除し、異常者の支配下における適応性を持つ者だけを生き残らせるという方向へと働いた。

……つまり、簡単に言えば、『現在残っている従業員は、全員がクズであり、同じ穴の狢《むじな》』というわけであった。

「店の人達は何も知らずに、なんてことがあるはずないですよね……」

「……それって、死なない程度であれば店の者を巻き込んでも構わない、ってことよね？」

念の為にそう確認したレーナに、マイルが慌てて訂正した。

「店の従業員は、ですよ！　奥の居住区にいるメイドさんや下働きの使用人達の中には普通の人もいるでしょうから、そっちの人を巻き込むのは駄目ですよ！」

「……チッ、面倒ね……」

マイルの忠告に、そう言って嫌そうに顔を歪めるレーナであるが、無関係の者を巻き込むようなレーナではないことは、仲間達はみんな知っている。

「じゃ、とにかく、作業を続けるわよ」

「「「おお！」」」

「ウィンド・カッター！」

「ウィンド・エッジ！」

「クレイ・ピラー！」

「ウォーター・ランス！」

ばしゅどこんしゅばっずどどどど！

「やめろおおおおぉ～!!」


そして、必死で止めようとする商会主や番頭、手代達を意にも介さず、警備兵達が現場に駆け付けるまでの間、『赤き血がイイ！』による破壊活動が続けられたのであった……。

＊　　＊

現場へと駆け付けた警備兵達は、ぽかんとした顔で、動きを止めて立ち尽くしていた。

自分達は、今、どこにいるのか。

通報により駆け付けた場所、つまりここは、この街でも有数の大店の前である。

……そう、大店の前であるはずであった。

そして、現実は……。

崩壊した、『元、大店であったはずのもの』、その『現在、瓦礫《がれき》の山以外の何物でもないもの』の前に立ち尽くす、警備兵達。

半壊ではない。ほぼ、『7分の6壊』。

そして、瓦礫の山ではあるが、なぜかその中に一直線に伸びる、幅2メートルくらいの『不自然に瓦礫がない、まるでそこだけ瓦礫を除去したかのような通路状のもの』……。

そして、ようやく正気に戻ったらしき警備兵の指揮官が、大声で叫んだ。

「いったい、どうなっている！　誰か、説明を!!」

しかし、誰も関わりたがらないようで、観衆の中にそれに応える者はいなかった。

店の関係者達は、呆然としており反応しない者、自分から警備兵に証言することは避けたいのか、黙って俯く者等で、積極的に警備兵と関わろうとする者はいなかった。

警備兵を呼びに行った者も、自分がこの場を離れた時にはこんな状況ではなかったため、どうにも説明のしようがなかった。

誰も反応してくれず、困った指揮官があたりを見回すと……。

「おい、お前、ハンターギルドの職員だな！　説明しろ！」

不運にも、顔を覚えられていたらしきギルド職員が指名されてしまい、あちゃー、というような顔で頭を抱えた。

ここは街の中心部に近いため、警備隊詰所も近いが、ハンターギルド支部はもっと近かった。

そのため、マイル達の最初の大声で職員やハンター達が何事かと飛び出してきていたのである。

ハンター達は暇潰しの見物に。そして職員達は揉め事がギルドに関係するものかどうかを心配して。

そして現在はっきりと分かっているのは、『この案件には、決して関わってはならない』ということであった。

下手に関わって巻き込まれると、良くてギルド追放処分、悪ければ縛り首、という可能性すらある、最低最悪の案件である。

なので、ただ見守り、状況を把握し、情報を得るのみ。そう思って生温《なまあたた》かく見守っていたところへの、まさかの御指名である。それは頭を抱えたくもなるであろう。

そして左右に目をやり、助けを求めるべく同僚達に視線を向けると、皆に、そっと視線を逸らされた。同じく、いつもフォローしてやっているハンター達にも……。

世の、あまりの無情に死んだ魚のような目をしながらも、その職員は仕方なく、そっと指差した。

むふ～、と、やり遂げた感のある表情で鼻息も荒い、４人の少女達の方を……。

そう、まともに返事をしてこの件に関わるようなつもりは全くない職員の、必死の『俺は知らん、そいつらに聞け！』アピールであった。

そして、指揮官は素直にその主張に従い、マイル達の方を向いた。その職員には喋る気が全くないということが、はっきりと分かったので……。

自分の無言のアピールが分かってもらえた職員は、心の底からの安堵のため息を漏らしていた。

「……お前達、状況を説明してくれんか？」

4人の頭に付いているケモミミには当然気付いているはずであるが、公務に就く者として一応は『亜人とヒト族は同権』という建前を守ろうとしてか、それともこれが非常にデリケートな問題だと気付き慎重になっているのか、はたまたいくら相手が獣人とはいえ未成年者を含む若者達だからか、一応は丁寧な……警備兵としては……言い方でマイル達にそう尋ねる指揮官。

おそらく、マイル達が事情を知っているか、もしくは最初から現場を見ていた目撃者だとでも思っているのであろう。その連中が全ての元凶だと考えるには、店の惨状があまりにも酷すぎた。

「それは……、あ、その前に……」

そして、そう言ってネコミミカチューシャを取り外すマイル。

それに続いて、レーナ達もそれぞれのケモミミカチューシャを取り外した。

「え？」

「「「ええぇ？」」」

「「「「「えええええええ～っっ!!」」」」」

愕然とする、警備兵と観衆達。

そう、第三者が割り込んだり口を挟んだりしづらいようにケモミミを装着していたマイル達であるが、最後まで着けているつもりはなかったのである。でないと、この一連のことが全て獣人達のせいになってしまう。

もう、この段階まで来れば第三者の介入阻止うんぬんは関係なくなるので、自分達はヒト族人間種であることをはっきりと示したわけである。

「「「「「何じゃ、そりゃああああああ～～!!」」」」」

しかし、今は現場の主導権は警備兵、そしてその指揮官にある。

なので、獣人ではなくただの人間の少女であると分かった4人に、指揮官はワケが分からないながらも、先程よりも更に丁寧な話し方で問い掛けた。

「……で、お嬢ちゃん達、何を見たのか教えてくれるかな?」

あからさまな子供扱いに少々ムッとしながらも、それを抑えてレーナが説明した。

「私達が見たのは、獣人の子供を誘拐して地下牢に幽閉、奴隷扱いしている下衆共《ゲス》の姿と、そのことを問い詰められて私達に襲い掛かろうとしたそこに転がっている男達の醜態と、……あそこに見えている、地下牢への隠し扉くらいかしらね?」

「なっ……」

絶句する、指揮官。

レーナの説明の中の『獣人の子供を誘拐して地下牢に幽閉、奴隷扱いしている』というのは、『下衆共』にかかる修飾語であり、見たのは『下衆共の姿』なのであるが、早口で喋られたレーナの言葉は、まるで誘拐や奴隷扱いの現場を見たかのように受け取られた。

勿論、わざとである。昨夜のうちに、台詞は充分に案を練って暗記してあった。

「な、何を、根も葉もないことを!!」

商会主が焦ってレーナの言葉を否定するが、動転している商会主は先程のレーナの言葉を正確に吟味《ぎんみ》してはいなかった。

もし落ち着いていたならば、その台詞の中にあった、自分にとって致命的な言葉をスルーしてしまうことはなかったであろう。

しかし、その前に放たれた『誘拐』、『地下牢に幽閉』、そして『奴隷』という、あまりにも強烈なインパクトがあるパワーワードのせいで、既に一度出た『地下牢』という言葉がするりと頭から抜けてしまったのであろうか……。

その、致命的な言葉、『地下牢への隠し扉』。

「マイル!」

「はいっ!」

レーナの指示で、瓦礫のないところを一直線に進み、床に手をかけて一気に扉をはね開けるマイル。

その周りには瓦礫がないため、そこに隠し扉があったこと、そしてその中に入っていくマイルの姿は、警備兵や観衆達から丸見えであった。

……勿論、不自然に瓦礫がない部分があったのは、そのためであった。

そして数十秒後、そこからひとりの幼女をお姫様だっこしたマイルが姿を現した。

「ひっ！」

「酷い……」

「何てこった……」

それを見て、口々に非難の言葉を漏らす観衆達。

……そう、マイルに抱えられた幼女はボロを纏い、左眼を覆うように頭部に包帯を巻いており、その眼に当たる部分には赤黒い染みが付いていた。

そして、汚れた布で吊られた左腕。赤黒く染まった汚い布が巻かれた右足。

「「「「「…………」」」」」

「しっ、知らん！　私はちゃんと清潔な服を着せていたし、怪我なんかさせておらん！　何かの間違いだ、誰かの仕業だ!!」

商会主が何やら必死に叫んでいるが、だれもそんなものには見向きもせず、そして誰もそんな言葉を信じてはいなかった。

……ただ、商会主がその幼女の存在を知っていたこと、そして幼女が自分の管理下に置かれていたということを自白した、ということ以外は……。

「地下に、牢があります。確認してください！」

マイルにそう言われ、指揮官の指示でふたりの警備兵が地下へ入り、そしてすぐに戻ってきた。

「複数の地下牢……、座敷牢がありました。便壺や毛布、その他の状況から、使用されている状態であったのは間違いありません。そのうちのひとつは、錠前が叩き壊されておりましたが……」

座敷牢は、正確には『地下牢』とは少し違う。

いや、地下にある牢、という意味では、別に間違ってはいないかもしれないが……。

座敷牢は、懲罰を目的とした、犯罪者を収容するためのものではなく、私設の軟禁用の施設であるため、普通の牢よりは居住性が良く、そう酷い環境ではない。

マイル達は、わざと『座敷牢』ではなく『地下牢』と連呼していたが、さすがに警備兵は上官に対して正確な報告をしたようであった。

勿論、マイルはサリシャを牢から出す時に、剣ですっぱりと木製の格子を両断するのではなく、それらしく、錠前の部分を剣の柄で何度も叩いて破壊したように偽装していた。

そして、もの凄い形相《ぎょうそう》で、ぎりぎりと歯噛みしながら人を殺しそうな視線で商会主を睨み付ける指揮官。

兎獣人の幼女、サリシャの服と包帯、薄汚れた顔や血の痕は、勿論マイルによるコスプレとメーキャップである。

別に、マイルはサリシャが怪我をしているとか、虐待されていたとか言ったわけではない。

ただ、捕らえられていた、『退屈凌《しの》ぎに怪我人の扮装をしていた幼女』を牢から連れ出しただけである。何も嘘は吐いていなかった。

「違う！　知らん！　怪我をさせたのは私じゃないいいぃぃ～～!!」

そして、その点においては商会主もまた、嘘を吐いてはいなかった……。


商会主、番頭や手代達、そしてメーヴィスに鞘で叩き伏せられて転がっていた店員達や後から出てきた従業員、使用人達は、全て警備兵によって捕縛された。勿論、用心棒たちも同様である。

全員、後でじっくりと取り調べられて、何も知らなかった者、情状酌量《しゃくりょう》の余地がある者達は、それなりの扱いをしてもらえるであろう。今は、誰が有罪で誰が無実か分からないため、一時的に全員を確保しているだけである。

これだけ派手にやらかせば、いくら何でも揉み消し、握り潰しは不可能であろう。

大勢の観衆の中には、王都や他領から来た商人や、他国の商人、草（現地定住型諜報員）、その他諸々がいる。とても隠しおおせるものではない。

そして、自分達に火の粉《こ》が降りかかるのを防ぐためには、領主や子飼いの下級貴族、官吏達はこの商人を『切り捨てる』しかないであろう。賄賂を受け取っている警備隊上層部も、懇意にしていた中小の商人達も、皆……。

なにしろ、王宮がこのことを知るのは、確実なのである。そして、他領や他国の上層部も……。

古の約定。亜人大戦の再発を防ぐために多くの種族達が結んだ、協定。

それら全てを無にする危険を孕《はら》んだ行為は、擁護《ようご》することすら憚《はばか》られる、大罪である。

自らの身を護るためには、全力で違反者を叩きまくるしかない。僅かでも擁護の言葉を口にしようものなら、自らもまた全力で叩かれる側になってしまうのだから……。

まともな貴族や商人ならば、そのあたりはちゃんと理解しているはずなのである。

しかし、ちゃんと歴史を勉強していないボンクラ貴族、危機感の薄い者、絶対にバレることはない、バレなければ問題はない、などと根拠のない安易な考えを抱く者達は、いつの世にも絶えないのであった。


（証拠の書類が入った隠し金庫は、壁を壊して露出させておきましたから、すぐに発見されるでしょう。それに、座敷牢がひとつだけなら、人目に触れさせるわけにはいかない身内を閉じ込めるため、と言い張れますが、あんなにたくさんの座敷牢があっちゃあ、言い逃れのしようもありませんよねえ……。

では、そろそろ離脱を……）

「あ、ま、待て！」

幼女を抱えたまま、そっとその場を立ち去ろうとしたマイル達に、警備兵の指揮官が慌てたように声を掛けた。

（（（チッ……）））

それとなく、うまくフェードアウトして姿を消すつもりであった『赤き血がイイ！』一同は思わず舌打ちをしたが、そんなもの、見逃してもらえるはずがなかった。

「お前達には、事情説明と証言をしてもらわねばならん。一緒に警備隊本部まで来てもらう。事が事だけに、場合によっては領主様にも報告してもらうことになるかもしれん。

……いや、そう心配することはないぞ。状況からみて、明らかに悪党は商人の方だからな。ただ、事情説明をしてもらいたいだけだ。それと……」

そう言って、ちらりとお店だったものの方に目を遣る指揮官。

……明らかに、やりすぎであった。

確かに、これに対しては若干の説明を求められるのも無理はないであろう。

（マズいわね……）

（マズいよねぇ……）

（困りますよね……）

（何とか、回避しなきゃ……）

そう、確かに『正義は我にあり！』なのではあるが、あまりちゃんとした取り調べをされるのは困るのである。

ひとつ、ギルド支部が出てきて、マイル達が自称する『赤き血がイイ！』とかいう怪しげな名ではなく、『赤き誓い』という名で登録されたパーティであるということが露見するかもしれないこと。

……いや、その名を名乗ったこと自体は、別に問題ではない。

実在する他のパーティの名を名乗ったのであれば大事《おおごと》であるが、自分達が別名を名乗ってギルドを通さずに自由契約で仕事を受けること自体は、何も問題のない行為である。有名なハンターがボランティアで格下の依頼を受けてやる時に、自分の名に傷が付かないように偽名での自由契約として受けてやることも、ないわけではない。

そう、有名漫画家が、別のペンネームでこっそりと18禁漫画を描くようなものである。

しかし、マイル達は今回の件が『赤き誓い』の仕業だとバレることは避けたかった。

ひとつ、サリシャの怪我が、見た目だけであり実はメーキャップであることがバレると困ること。

これは、明らかにマズい。

座敷牢に囚われていた幼女が、なぜそんなことをしていたのか。

どうやってメーキャップの道具を手に入れたのか。

なぜそんなメーキャップの技術を持っていたのか。

……問い詰められれば、説明のしようがない。

ひとつ、この依頼がマイル自身からの自由依頼であり、事実上、依頼人なしのマイル達の勝手な行為であること。

サリシャの救出だけであれば、まぁ、義《ぎ》侠心《きょうしん》による正義の行いとして不問に付されるかもしれない。

……しかし、店のこの惨状は、明らかに許容限度を超えている。『なぜ警備隊に申し出なかったのか』、『どうして自分達だけで勝手な行為を行ったのか』等、責められるのは、ほぼ確実であった。

いや、それは警備隊に届けても、賄賂を受け取っている者達によって握り潰されたり、逆にマイル達の方が捕らえられたりする可能性があったからであるが、そんなことを言えば、警備隊側は保身のためにますます態度を硬化させるに決まっている。

また、そんなことをすれば、警備隊から情報を受け取った商会主が人を雇ってマイル達を消そうとしたり、証拠隠滅のためにサリシャをどうにかする可能性もあったため、それは悪手であり、マイル達はそんなことをするつもりは全くなかったのである。

……マズい。とにかく、マズい。

それが、マイル達の共通認識であった。

なので……。

「ええい、下がりおろう！　頭が高い!!」

「「「ええええ!!」」」

そう、勢いとハッタリで切り抜けるべく、指揮官に向かって、マイルが偉そうな態度で何やら言い始めたのであった……。

「我らから事情を聞くまでもなく、此奴《こやつ》らが誘拐犯や仲介業者を介して獣人の幼女を手に入れしこと、明白なり！　あとは、此奴らを取り調べ、たっぷりとありそうな余罪を吐かせればよいであろう！

我らはただ、めがみエルお方のごせんたくを果たすのみ！」

『御託宣《ごたくせん》』ではなく『御宣託《ごせんたく》』の方を使ったのは、神官等を介して告げるのではなく女神から直接、ということであればその方が用語的に正しいということと、マイルがなるべく嘘は吐きたくなかったからである。

……そう、その直前の『めがみエルお方の』という不自然な言葉との繋がりにより、マイルが『後で自分の下着を洗って、目が見える私が「洗濯」という用事を果たせばいいよね！』という、既にこじつけの域にすら達していない、もう『嘘ではない』と言うことすらおこがましい無茶苦茶な台詞を吐いたのであるが、勿論、警備兵達には『そう聞こえて当然の意味』として受け取られた。

「め、女神の御宣託だと……」

「エル？　それが女神のお名前なのか？」

「し、神命を授《さず》かりし、女神の使徒……」

地下に囚われた幼女の存在を知り、堂々と真正面から救い出した、半数はまだ未成年の少女達。

まるで神罰を受けたかのように破壊され、そしてなぜか囚われの幼女の許へと至る道だけ瓦礫がないという不自然な……、何者かの意思が介在しているとしか思えないこの場の状況。

それは、敬虔《けいけん》な信徒に女神の介在を示唆《しさ》するに充分な状況であった。

そして、戦闘職の者は、総じて信心深い者が多かった。

運頼みで生死が左右される職業の者に、不信心な者は、そう多くはない。……犯罪者を除いて。

なので当然、この警備兵達や指揮官も、信心深かった。

「我らの任務は、この子を無事親元へと帰すことのみ。悪党共の処分は、それを為すべき立場の敬虔なるしもべに託すようにとの、御宣託である。……その方達は、敬虔なる女神のしもべであるか？」

「……も、勿論でございます！」

思わず、見知らぬ小娘に対して敬語で答えてしまった指揮官。

……しかし、この状況では、それも無理はないであろう。

「ならば、後のことは任せた。良きに計《はか》らうがよい。……さらばじゃ！」

そして、無詠唱で不可視フィールドを展開し、姿を消した『赤き血がイイ！』とサリシャ。

周りの声が聞こえるよう、遮音フィールドは展開していないため、マイルは口に人差し指をあて、皆に声を出さないように念押しの指示をしている。サリシャにも、昨夜のうちに作戦と声を出さないようにとの合図については説明済みであった。

「「「「「……き、消えた……」」」」」

驚きに、硬直したままの警備兵達と、観衆。

そしてマイル達は、そっと瓦礫の方へと移動し、人が近寄りそうにない瓦礫の陰に座り込んだ。

不可視フィールドは物理的なバリアではないため、他者がフィールド内に入り込めば、姿を見られる。なので、観客でぎっしりであり、とても人の間を縫って逃げられる隙間がないこの状況では、ここから逃げられないのであった。

物理的なバリアを張っても、『何もないのに身体が押し退《の》けられる怪奇現象』とかが発生すれば、大騒ぎになって、周りを取り囲まれるだろう。なので結局、観衆が散って充分な隙間ができるまで、ここでじっと待っているしかないのであった。

（……何か、失敗したかも……。もっと効率的な逃げ方を研究した方がいいかなぁ……。安全のため外部の状況を把握しておかなきゃならないから、遮音フィールドは使えないからみんなと話すこともできないし……）

いくら優れた魔法が使えようとも、それをうまく利用できるだけの才能がなければ、宝の持ち腐れなのであった……。


「……ざい……」

「「ばんざい……」」

「「「「女神様、ばんざ〜い！」」」」

「「「「「御使い様、ばんざ〜い!!」」」」」

（（（（……え？））））

いきなり始まった観衆達の叫びに、ぽかんとするレーナ達。

「「「「「女神様、ばんざ～い！」」」」」

「「「「「御使い様、ばんざ～い!!」」」」」

「「「「「「女神様、ばんざ～い！」」」」」」

「「「「「御使い様、ばんざ～～い!!」」」」」

「「「「「「女神様、ばんざ～い！」」」」」」

「「「「「「御使い様、ばんざ～～い!!」」」」」」


ぎゅっ、とマイルにしがみつき、その身体に顔を埋《うず》めているサリシャと、涎《よだれ》を垂らしそうなだらしなく緩みきった顔で、至福の表情を浮かべているマイル。

たまにはこれくらいの御褒美があってもいいかと、それを生温かく見守るレーナ達。

レーナ達にしても、幼女を救い出した英雄《ヒーロー》としての立場は決して不快なものではなく、特にメーヴィスはマイルと大差ない顔面崩壊度であった。


……そして、観衆達の歓声は、いつまでも続くのであった……。

＊　　＊

あれからかなり経って、ようやく観衆達が解散してくれたので現場から脱出したマイル達は、待機させておいたシュラナと合流し、街から脱出した。

長い間閉じ込められていたため体調を心配して、マイルがサリシャを背負ったままであるため、待遇に差を付けるわけにはいかないからと、シュラナはメーヴィスが背負っている。

安全な場所で待たせていたシュラナであるが、予定より遥かに長い待機時間となったため、置き去りにされたのかと思い精神的に不安定になっていたのを察したためでもある。

……このあたりが、心遣いの人メーヴィスの本領発揮であり、『少女ホイホイ』と言われる所以《ゆえん》なのであるが、勿論、メーヴィスはそんなことには全く気付いていない。

そして、メーヴィスにぎゅっとしがみついたシュラナの顔が、少し赤い。

「ミッション・コンプリートです。あとは、村へ連れ帰るだけですね」

「「「…………」」」

できる限りゆっくりと、という言葉は口に出さなかったマイルであるが、そんなことはレーナ達にはお見通しであった。

しかし、シュラナとサリシャがいるので、そこに対しては何も突っ込まないレーナ達。

マイルへの気遣いというよりは、それを聞いたシュラナとサリシャがドン引きしたり警戒したりするのを避けるためであった。

「これで、実行犯グループひとつ、受け手役の商会ひとつ、そして流通センターを潰して大量の証拠書類を丸々押収させたわけですが……」

「あの商会絡みの奴隷入手ルートと販売ルート、そして顧客達は、全て芋づる式に検挙されるでしょうね。被害者の多くが救い出され、解放されると思いますよ。

　他のことであればコネや賄賂で何とかなっても、古の大条約に関することだとどうにもなりませんからね。人間誰しも、少し関わっただけで一族郎党全てが打ち首、なんてことに手出ししようとは思いませんからね、多少のお金や利権をちらつかされたところで……。費用対効果というか、メリット・デメリットの収支が悪すぎます。

　奴らにできることは、カネと権力で事件を揉み消すことぐらいですけど、こんなに情報が広まってしまった以上、それも不可能です。もう誰も協力してくれませんからね、他の商会や権力者達も。

　それどころか、火の粉を払うために、全力で殴りかかってくるでしょう。

　被害者が人間だけならともかく、他種族絡みとなると、もう、どうしようもありませんよ。

　今回は、獣人の被害者のおかげで人間の被害者が便乗して助けてもらえる、ってわけですね」

　ポーリンの言葉に、うんうんと頷くメーヴィスとレーナ。

「少なくとも、この国の違法奴隷密売組織は潰せた、と考えていいだろうね。当面は、獣人も人間も、そして他の種族も安心だろうと思うよ」

「でも、儲かる市場に隙間ができたなら、どうせすぐに次のが現れるわよ」

　メーヴィスの言葉に、レーナが半ば諦めたかのような口調で、肩を竦《すく》めてそう吐き捨てた。

そして、マイルの眼がキュピーンと光る。

「あの奴隷商人が最後の1匹だとは思えない……」

ネタを消化するチャンスは、絶対に見逃さない。

それが、マイルの信念であった……。

＊　＊

「もうすぐ、獣人の村ですね……」

狐獣人のシュラナと、ウサギ獣人のサリシャとの触れ合いを堪能して、上機嫌のマイル。

しかし、その天国ももうすぐ終わってしまうため、笑顔ではあるものの、少し元気がない。

仕方ない。別れは必ずやってくる。それは充分分かっているマイルなのであるが、やはり至福の刻《とき》が終わってしまうのは残念なのであろう。

「あれだけゆっくり歩いたんだから、諦めなさい。充分満足したでしょうが……」

「まぁ、それはそうなんですけど……」

レーナの呆れ声に、不満そうにそう返すマイル。

欲望というものは、果てしないものなのであった……。

ずざざっ！

「「「うわあっ！」」」

突然、頭上から何かが落ちてきて、思わず叫び声を上げたレーナ、メーヴィス、ポーリン。

そしてすぐにメーヴィスが剣を抜き、レーナとポーリンは杖《スタッフ》を構えて詠唱を開始。

マイルは、探索魔法でとっくに把握していたため、驚いた様子はない。普段であればともかく、幼女ふたりを保護している今、安全対策に能力を出し惜しみするようなマイルではなかった。

それに、探索魔法を使わずに普通に魔物やその他の危険に対して警戒していたのでは、幼女との貴重な一時《ひととき》を全力で堪能できない。マイルにとって、そんなことが許容できるはずがなかった。

「シュラナ！　サリシャ!!」

そして、連れ帰ったふたりの少女の名を叫ぶ、落下物……、村の警戒線を守る、見張り役の男。

小さな村なので、勿論、村人全員が顔見知りである。なので当然、攫われていたふたりのことも知っていて当然であった。マイル達の顔も、勿論先日の件で覚えられている。

「お、お前たち……」

マイル達に向かって言葉を続けようとしたが、様々な思いで胸がいっぱいになったのか、そこから先の言葉が出ないらしい見張り役の男。

しかし、今は言葉の必要はない。

マイル達は、こくりと頷いただけで、何も言わずに歩を進めた。

見張り役も、言葉は必要ないと思ったか、それとも適切な言葉を喋ることができなかったのか、同じく、こくりと頷いた。

本当は、村へ向かって駆けだして、大声で知らせの叫びを上げたいところであろうが、今は見張り役という重要な任務中であるため、それは断念したようである。

自分の自己満足で感情のままに振る舞い、見張り網に穴を開けて村を危険に晒すなどという愚かな真似ができようはずがない。

自分が喚《わめ》き回って村に知らせなくとも、子供達が救われて無事戻ってきたという事実が変わるわけではない。

そして手柄と賞賛は、この人間の少女達が独占すべきものである。

そう考えて、落ち着き、男は自らが果たすべき任務へと戻った。

そして、更に少し進み、村の敷地内に入ったところで……。

「シュラナ！　サリシャ!!」

「おお！　おおおおおおお！」

「誰か、ふたりの家族に知らせろ！　村長を呼んでこい!!」

大騒ぎになった。

それはまぁ、当然であろう。

誘拐事件の実行犯は捕らえたものの、人間達に過大な期待を抱いていたわけではない。

権力者との繋がりがある他国の商人や貴族など、ここの領主やハンターギルドにどうこうできる相手ではないということは、よく分かっていた。なので、実行犯を捕らえて厳罰に処し、見せしめにすることで再発を防止する、というくらいが精一杯だと考えていたのである。

……勿論、獣人達が複数の子供を奪った犯人に対して行う『見せしめの厳罰』なので、生きて戻れるようなものではないし、楽に死ねるようなものでもない。

それが、人間の領主が手を回して寄越したハンター達が実行犯を捕らえただけでなく、依頼してもいなかった『被害者の奪還』を成し遂げてくれた。

これはもう、考えられないようなことであった。

しかし、そんなことよりも何よりも、村の幼女が無事戻ってきたという喜びの前には、他の全てのことは霞んでしまうだろう。

そして……。


「シュラナ！」

「サリシャ！」

「シェリー！　シェリーはどこ!!」

「「「あ～……」」」

勿論、サリシャのコスプレとメーキャップは取り、シュラナと共に携帯式要塞浴室で綺麗に磨き上げた上で、マイルのアイテムボックスに入れてあった普通の子供服……マイルは、常に子供用の衣服、お菓子、小鳥と猫の餌、マタタビの小枝とかを用意している……を着せている。ごく普通の服ではあるが、この村の子供達が着ているものに較べると、かなりモノが良い、可愛い服を。

だが、問題は、そこではない。

全力で駆け寄ってきた家族達が、シュラナとサリシャに抱き付き、泣きながらもみくちゃにする横で……。

「シェリー！　どうしてシェリーがいないのよおおぉっ!!」

そう、この村ではシェリー、伯爵邸ではリリアと呼ばれていた、残留希望の幼女。その家族にとっては……。

「どうなってるのよ！　どうしてシェリーだけがいないのよ！　ま、まさか……」

「うぐぐ、い、生きてます、死んじゃいませんからあぁ！」

母親と覚《おぼ》しきおばさんに胸ぐらを摑まれて、半分身体が宙に浮いた状態のマイルが必死にそう叫んだが、手を離してもらえる様子はなく、遂にマイルの身体はほぼ完全に浮いてしまった。

「ぐえええぇ……」

「おばさん、おばさん！」

「絞まってる！　絞まってる!!」

「ブレイク！　ブレイク!!」

慌てて、怪力でマイルの胸ぐらを摑んで空中に突き上げているおばさんの背中をパンパンとタップするメーヴィス達。どうやら、服の襟《えり》の部分が、うまい具合に首を絞めているようであった。

さすが、獣人だけのことはある。非戦闘職らしき普通のおばさんでも、かなりの力があるようであった。

……いや、もしかすると、娘のことで逆上して、リミッターが外れているだけなのかもしれないが……。


そして、ようやくのことでマイルを救出したメーヴィス達であるが、この先には、非常に気の重い、厄介な仕事が待っていた。

……そう、シェリーの母親らしきこのおばさんと、父親と兄弟らしき者達に『残念なお知らせ』をしなければならないのであった。

しかし、他の村人達が大勢いるここで、そんな話ができようはずがない。

シェリーにとっても、家族達にとっても、あまり名誉とは言えない話なので……。

「し、詳細は、村長さんの家で、関係者のみに！　とりあえず、一旦休ませてください！」

そしてメーヴィスの必死の訴えと、マイルの『死んではいない』という言葉で母親もやや落ち着きを取り戻し、周囲の村人達の説得もあり、渋々引き下がってくれたのであった……。

第百十一章　獣人の村にて

「そ、そんな馬鹿な!!」

マイル達から詳細を聞いたシェリーの母親は、愕然としていた。

「助けてもらえるのに、それを断って居残ると？　あの子が、そんなことを言うはずが！」

それはまぁ、信じられないのも無理はないであろう。

我が子が、『自分の家族より、誘拐犯の仲間である人間達と一緒に暮らす方がいい』と言ったわけであるから、親として、到底信じがたい、いや、信じるわけにはいかないことであろう。

しかし……。

「貴族の家で、そこの子供と同じ扱い？」

「美味しいものを食べて、綺麗な服を着て、何不自由のない生活？」

「し、しかも、そこの跡取り息子と結婚できるかも、って？」

「「「私達も、そこへ行きたい!!」」」

さすがに男の子達は黙っていたが、シェリーの姉妹達は皆、一斉にそう叫んだ。

……叫んでしまったのである……。

シェリーの両親は、呆然としている。当然のことながら……。

ここ、村長の家には、村長夫妻と『赤き誓い』の他に、シェリーの家族と、村の顔役数名のみが集まっている。

あまり大勢に聞かせるような話ではないし、シェリーの両親にとっては不名誉なことであるため、最低限の人数に絞った結果である。村人達も、何か良くない話であろうと察して、出席者を限定したことに対して口を挟む者はいなかった。

そして集まったメンバーも、あまり良くない話であろうとは覚悟していたのであるが、まさかこんな内容であるとは思ってもいなかったようである。

しかし、話がまだよく理解できていないらしき両親達には、きちんと説明して理解してもらわねばならない。そのため、仕方なくマイルがシェリーからの伝言を伝えることによって、状況を説明することにした。

……こういう時の説明役は、いつもマイルなのである。

「え〜と、その〜、『女の子だからという理由で待遇が悪い、不便で何もないド田舎で男性に搾取されて人生を終える気はない。私はここで、幸せに暮らします』、とのことでして、あはは……」

……これでも、マイルが気を遣って、シェリーが言った言葉をかなりマイルドにアレンジしたのである。原文は、もっと酷かった。

「「なっ……」」

「「「ずるい、自分だけ！」」」

「「…………」」

両親、姉妹、そして兄弟と、はっきりと反応が分かれた。

そして……。

「そうか、村を出ればいいんだ！」

「誘拐じゃなくて、自分で村を出て、人間の街で普通に働いて暮らせば……」

「獣人は差別されるっていうけど、ここでの男尊女卑よりは、ずっとマシかも……」

「この子達みたいに、ハンターになるっていうのはどう？　人間より身体能力が高い私達なら、うまくやれるんじゃないの？　多分、ハンターは実力次第の世界だろうから……」

「そうか！　私達と、あとひとりかふたり誘えば……」

「「なっっ！」」

娘達の反乱に、顔色をなくす両親。

「「それじゃ、誰が俺達の世話をするんだよ！　そんなこと、許すもんか！」」

そして、奴隷がいなくなると困る息子達の、空気を読まない発言。

「「「あ〜……」」」

村長達も、何だか固まっている。

もしこの話が、村中に広まったら。

そして、若い娘達が皆、この姉妹と同じようなことを言い出したら。

……村が終わる。

そして村長の口から。それに続いて顔役達と両親の口から、声が漏れた。

「「「「「ぎゃ……」」」」」

「ぎゃ？」

「「「「「ぎゃあああああああ〜〜!!」」」」」

＊　　　＊

あの後、シェリーの場合はとんでもなく幸運だったこと、サリシャは囚われの身であったこと、そしてシュラナは『下働きの使用人』という立場で普通の人間の使用人と同じ待遇ではあったものの、無給。そしてそれはあくまでも『もう少し成長するまで』の暫定的なものであり、その後には少々過酷な運命が待っていたであろうことをマイルが説明し、何とか事無きを得た。

それでもシェリーの姉妹達は、なかなか諦め切れない様子であった。

……まぁ、無理もないであろう。今聞いた妹の暮らし振りは、この村の少女にとってはあまりにも魅力的すぎた。

そして姉妹達のそんな様子に、戦々恐々としている両親と、村長達。

そんな話が村中の女性達に広まったら、大変である。

そして……。

「あれ？　誘拐されて売られた場合の運命については一応説明してもらって納得したけど、この村の女の子だけでハンターパーティを組むことについては、否定的な話は全く出なかったわよね？

そもそも、ひ弱な人間の未成年の子たちが一人前になってて、誘拐組織の討伐を任されるくらい信頼されてて活躍してるってことは、私達ならばもっと稼げる、ってことじゃないの？」

「「「「うっ！」」」」

大人達は、痛いところを突かれた、とばかりに、話を蒸し返したシェリーの姉の指摘に引き攣ったような顔をしたが……。

「……表へ出なさい」

ムッとした様子のレーナが、そう言い放った。


「銅貨十文字斬り！」

「銅貨四つ折り！」

「炎熱地獄！」

「螺旋《らせん》貫通弾！」


「すんませんでした！」

「「調子こいてましたぁぁ～!!」」


……無事、話は終わった。


……しかし後日、シェリーの姉妹達は大人達に隠れてこっそりと話し合いをしていた。

「シェリーのところへ行けば……」

「そうよ！　シェリーの御主人様に働き口を紹介してもらえば……」

「いやいや、それよりも、シェリーの御主人様には息子さんはひとりだけなのかな？」

「「あ……」」

「それに、家臣の息子とか、出入り商人の息子とか……。

知ってる？　人間の子供って、半数は男の子なのよ！」

「「おおおお!!」」

……当たり前である。

いや、獣人には男女比が大きく異なる種族がいるのかもしれないが……。

「シェリーの居場所は分かる？」

「うん、話に出てきた街の名は覚えてる」

「「でかした!!」」

「よし、何とか地図を手に入れて……。

シェリーひとり、抜け駆けさせるもんですか！　やるわよ、私達の輝ける未来の為に！」

「「「えいえいお～～!!」」」

＊　＊

「この度《たび》は、感謝の言葉もない……」

シェリーの家族が帰った後、村長と３人の顔役達がマイル達に深々と頭を下げた。

おそらく、子供達の救出４割、村の崩壊阻止６割、くらいであろう。

そう考え、苦笑いの『赤き誓い』一同。

「一旦は依頼契約が完了し、完了証明書にサインしてギルドにもその旨通知しておるが、いくら依頼外の別件、勝手にやったこととはいえ、礼も報酬も何もなし、というのでは、獣人としての面目が立たん。そんなことが他の村に知られたら、我らの信用が地に落ちる。

なのでここは、どうしても礼を受け取ってもらわねばならん。

先の誘拐犯を捕らえた時のこと、そして我らと報酬の交渉をすることなく立ち去ったことから、この件で多額の報酬を要求しようなどというつもりがないことくらいは分かる。

……しかし、それでは我らが困るのじゃ、それくらいのことは理解できるであろう？」

名誉と信義を重んじる、獣人達が言いそうなことである。

騎士を目指しており、同じく名誉と信義を重んじるメーヴィスには滅茶苦茶理解できるであろうし、他の３人も、それくらいのことは分かる。

なので、何らかの報酬は受け取るべきなのであろうが、自分達が勝手にやったことで多額の報酬を受け取るのも気が引けるし、この村には大した現金収入はない……エルフの村と同じような理由で……ということを知っているので、現金や換金が可能なものを貰うのも、気が進まない。

どうしようか、と顔を見合わせるレーナ達であったが……。

「そうだ！　報酬代わりに、古竜と連絡を取ってもらいましょうよ！」

「「「えええええ？」」」

マイルが、また何かおかしなことを言い出した。

「前に、獣人の人が言ってたじゃないですか。『俺達には、古竜様に連絡する手段がある』って！」

「あ〜、言ってたわね……」

「言ってましたね……」

「確かに、そう言ってたよね……」

みんな、ちゃんと覚えていたようである。

「だから、救出作戦《クエスト》の成功報酬として、その、『古竜との連絡』というのをお願いするんですよ！　それなら、村に金銭的な負担はかからないし、私達は他には方法がないことを助けてもらえるわけだから、充分な報酬になりますよ！」

「う～ん……」

マイルが言っていることは、一応、筋は通っている。しかし、メーヴィスが唸っているとおり、それにはひとつ、疑問点がある。そしてレーナがそこを確認した。

「で、古竜を呼んで、どうしようって言うのよ？」

そう、そこである。

わざわざ古竜を呼んで、どうしようと言うのか。

そしてマイルは、満面の笑みで答えた。

「勿論、魔族の村へ連れていってもらうのですよ！」

「「「はァ？」」」

レーナ達は、目が点状態であった。

「前に、ポーリンさんが言ってましたよね、魔族は大きな山脈の向こう、大陸の北端に住んでいる、って。そちらへ向かう商人はいないから護衛依頼を受けて、ってわけにはいかないし、歩いていくのは大変そうだし……」

そう言って、ちらりとポーリンの方を見るマイル。

おそらく、あの時ポーリンが魔族の村に行きたがったマイルに強く反対したのは、そのあたりのこともありそうであった。

騎士志望で、幼い頃から兄達の真似事をしていたメーヴィス。同じく幼い頃から父とふたりで行商生活、その後もハンターとして何年も活動していたレーナ。共に、人並み以上には歩ける方である。

……マイル？　考えるまでもない。

そう、こと徒歩移動に関しては、ポーリンがパーティの足を引っ張っていることは間違いない。

ポーリンもそれをよく自覚しているからこそ、そういう事態になるのを嫌がり、そのようなシチュエーションを避けようとしているのであるが……。

「だから、恩を売っていて貸しがあるケラゴンさんに乗せてもらって、ひとっ飛び！　これで、全種族の村、フルコンプリートですよ！」

「「「なるほど!!」」」

「なるほど、じゃねーわ！　お前ら、古竜様を馬車馬代わりにしようとか、どうしてそんな畏《おそ》れ多くて罰当《ばち》たりで、古竜様を逆上させて皆殺し間違いなしのとんでもねぇ発言が平気でできるんだよっっ!!」

何だか、村長が早口で捲《まく》し立てて、顔役達も皆、うんうんと頷いている。

……そう、何だか色々と感覚や常識が麻痺しがちであるが、これが、世間一般での、普通の反応なのであった……。

「いえ、私達、古竜には貸しがあるので……」

「それも、かなりデカいやつよ」

「ま、乗合馬車の代わりくらい、数百回はしてもらえますよね」

「あはは……」

そして、あまりにも衝撃的な話を聞いて、ただパクパクと金魚か鯉のように口を開閉するだけの、村長と顔役達であった……。

＊　＊

あれから、マイルの提案を断ることができず、渋々『古竜を呼ぶ』という方法を実行してくれた、村長達。

但し、何が起ころうとも責任は持たない、古竜様を怒らせた場合は自分達だけで全ての責任を被ってくれ……つまり、『死んでくれ』ということ……と言われ、それを誓約として羊皮紙に書かされた、『赤き誓い』。

まぁ、それくらい古竜は恐れられており、こちらの都合で呼び出すということは覚悟が要《い》ることなのであろう。

……その気持ちは、分からなくはない。

通常は、それが普通なのである。……マイルがいない場合には。

そして村長達は、呼び出しはやってくれたが、その方法は決して教えようとはしなかった。

＊　＊

「……というわけで、お越しいただいたわけなんですが……」

『ははっ、何なりとお命じください！』

「「「「…………」」」」

その謎の呼び出し方法では、文章的なものも伝えられるらしく、マイル達のリクエスト通りに、やってきたのはお馴染みのケラゴンであった。

そして、マイル達に対して使い走り《パシリ》の舎弟みたいな態度のケラゴンを見て、死んだ魚のような眼をして立ち尽くす、村長達。

……よくあること。そう、よくあることである……。

「……で、魔族の村まで運んでいただきたいのですが……」

『喜んで！』

ケラゴンは、馬車馬代わりをやってほしいというマイルの頼みを、まさかのふたつ返事で了承。

村長達は、もはや全てを悟りきったかのような……、いや、諦めきったかのような顔をしている。

「でも、いいのですか？　古竜の皆さんにとって、自分の意思で乗せる場合を除き、下等生物を背に乗せるのは途轍《とてつ》もない屈辱だとか聞いたのですが……」

『何だ、そんなことですか！』

ケラゴンは、自分で頼んでおきながら少し心配そうな様子のマイルに、笑いながら答えた。

『それは、意に染まぬ相手から何らかの事情で強要されたり、交換条件とかでやむなく受けざるを得ない場合とかの話ですよ。マイル様からの御依頼であれば、大恩ある恩人への恩返しの機会、喜んでお引き受けいたしますよ！』

『赤き誓い』は、騎竜を手に入れた！

「やりました！　次は、飛空艇ですよっ！」

「「「あ～……」」」

勿論、飛空艇については、マイルのフカシ話、『最後の幻想』によって教え込まれている、レーナ達であった……。

＊　＊

そういうわけで、数日後に魔族の居住地である大陸の北端部へと運んでもらうよう頼んで、ケラゴンには一旦帰ってもらった。

『王都までお送りしますよ？』とか言われたが、そんなことをすると王都がパニックになってしまうため、その申し出を慎んで辞退した『赤き誓い』一同であった……。

「元々の依頼である誘拐団の件については、既に領主とハンターギルドに対して依頼が完全に終了したことを、人間が保有する最大戦力を出してくれたことに対する感謝の言葉と共に報告済みじゃ。……しかし、本当に良いのか？　子供達を助け出し、黒幕の商人を潰したという大手柄について報告しなくて……」

「「「「あはは……」」」」

村長の言葉に、笑って誤魔化すマイル達。

あれは、謎の傭兵パーティ『赤き血がイイ！』の仕業であり、マイル達『赤き誓い』とは全く関係ないのである。

ギルドを通さず、他国で勝手に貴族や商家相手にグレーゾーン《ヤバい》のことをやりまくったのは、謎の傭兵パーティ『赤き血がイイ！』である。

それは、村長達には何度も念を押しておいた。ギルドや領主におかしなことを言ってくれるなよ、と……。

義理堅い獣人達は約束を守ってくれるであろうが、やはり幼女達の救出については何らかの礼をしないことには気が済まないらしく、未だに色々と言ってくるのである。

マイル達は、自分達が勝手にやったことであり、古竜に繋ぎを取ってくれたことだけで充分だと思っているのであるが、獣人達としては、自分達は何もせずにただ古竜を呼んだだけでは到底今回の礼に足りるものではないと思っているらしく、なかなかしつこいのであった……。

＊　　＊

「やっと、村長さん達も諦めてくれましたね……」

「お礼や追加報酬を出そうとするのを諦めさせるのに苦労するとか、どんな拷問ですか……」

「あはは……」

ポーリンは、本当は『受け取りたい』という守銭奴の本能をねじ曲げての辞退であっただけに、他の3人よりも精神的にキツかったようである。

それでも、辞退には反対しなかっただけ、根は善人なのであろう。……ただ、守銭奴なだけで。

「依頼任務を終えてから、随分遅くなっちゃいましたね……」

「でも、村の人達がギルドにも依頼が無事完了したって報告してくれたらしいから、失敗扱いにはなっていないだろうから安心だね」

そう、あまり帰還と報告が遅いと、失敗したものと判断されてしまい、良くて行方不明、悪いと死亡したとして名簿から消され、除籍扱いにされてしまうのである。

まぁ、今回のような場合は依頼主が現地におり、また特殊な事情のある依頼であることから、未帰還の場合は村に確認のための連絡が行くとは思われるが……。

とにかく、今回は村長がわざわざ『赤き誓い』の評価が上がるようにと感謝の報告をしてくれたとのことなので、そういう心配もない。

なので、安心して王都へと向かう『赤き誓い』の4人であった。

その頃、村長から依頼した仕事が終わったという報告があったにも拘わらず、それから10日以上経っても『赤き誓い』が戻らなかったことから、帰路に何かあったのではないかと思われて、ハンターギルド王都支部全体が沈痛な雰囲気に包まれていた。

そしてその数日後、元気いっぱいで王都支部のドアを押し開け、大声で帰還報告をしたマイル達は、ギルド職員と居合わせたハンター達に怒鳴られ、叱られまくるのであった……。

＊　＊

「どうしてあんなに怒られなきゃなんないのよ！」

「おまけに、居合わせたハンター連中にエールを1杯ずつ奢らされましたよっ！　まぁ、人が少ない時間帯だったのが、不幸中の幸いでしたけど……」

「たはは……」

ギルド支部から宿へと向かいながら、文句を言うレーナとポーリン、そして苦笑するマイル。

「あはは……。まぁ、心配かけたのは事実だから、仕方ないよ。それに、それだけ私達のことを心配してくれていたということだから、ありがたいことじゃないか！」

「い～え、あれはただ、エールを集《たか》る口実にするために騒いだだけに決まってますよっ！

その証拠に、心配していたと言いながら、誰も捜索に出てくれたりはしていなかったそうじゃありませんかっ!!」

叱られたのもやむなし、と思い、逆にありがたいことだと考えるメーヴィスとは違い、一方的に怒られたことを不愉快に思っているらしきレーナと、奢らされたことによる出費に対して悪態を吐くポーリン。

しかし、ギルド職員やハンター達に怒鳴られたのは、『怒られた』のではない。『叱られた』のである。

『怒られた』というのは、ただ相手の怒りの感情をぶつけられただけで、攻撃を受けたも同じである。しかし、『叱られた』というのは、自分のために、相手が『悪いことを二度と繰り返さないように』との思いから『強い言葉で指導してくれた』ということである。

同じような行為に見えても、両者は完全に別物である。

レーナとポーリンがムッとしているのはポーズだけで、本当は連絡もせず大勢に心配をかけたことを反省しているのか。それともそんなことには気が回らず、ただ自分の感情のままに怒っているだけなのか。

そのあたりのことも、何となく分かるようになってきたメーヴィスとマイルであった……。

「じゃあ、4日間の休養を取って、その後、出発。それでいいね？」

メーヴィスの確認の言葉に、こくりと頷く3人。

改めて考えるまでもなく、ケラゴンが王都近郊の森に迎えに来てくれる日が決まっているのだから、出発日は最初から決まっている。

本当は休養は3日間のつもりであったが、帰投に要する日数に余裕を見ていたため、1日余ったのである。

行動計画に余裕を持たせなかったり、不測の事態に備えて予備日や調整用の遊休日を挟まないようなハンターは、信用を、あるいは命を失う。

臆病で、心配性で、神経質。それが、こういう世界で長生きする秘訣《ひけつ》であった。

＊　＊

「お姉さんたち、遅すぎますよっ！　いったい、どれだけ心配したと思ってるんですかっ！」

「「「あ～……」」」

宿に戻ってから、第2ラウンドが始まってしまった。

遠出する時には、いつ頃戻るかを伝えているため、それを大幅に超えれば心配されるのは当たり前である。それも、まだ幼いレニーちゃんだと……。

勿論、宿に荷物を残すわけではなく完全に引き払って出発する『赤き誓い』は、別に戻る日の予定を伝えておく必要はないし、依頼にかかる日数など、大きくずれ込むことがあるのは当たり前である。

しかし、レニーちゃんの場合は……。

「お風呂の給湯計画や、集客の予定が台無しじゃないですか！」

……これである。

「ねぇ、私達、どうしてこの宿に泊まり続けているのかしら？　絶対、もっと待遇のいい宿があるわよねぇ、私達の滞在を歓迎してくれる……」

「「「たはは……」」」

レーナの疑問に、苦笑で答える3人。

アレである。

『それは言わない約束でしょ……』

というやつ。

まぁ、何やかや言っても、この宿は居心地がいい。無理も利くし、大将夫妻もいい人だし、料理は美味しいし、安い宿屋なのに風呂もある。……マイルが造ったものであるが。

それに、レニーちゃんも、一生懸命働いていて、可愛いところもある。……守銭奴なだけで。

しかしそれも、この宿のために少しでも稼ごうとしているだけであって、別に私利私欲ではない。

……ポーリンに較べれば、ずっとマシであった……。

それに、レニーちゃんのあの態度は、照れ隠しの部分も大きいのであろう。

……多分。

レーナ達があっさりとマイルの案を呑んで魔族の村行きを決めたのは、あの案以外に『村に金銭的な負担をかけず、村人達が恩返しをしたという満足感を抱ける、報酬代わりになるモノ』が他に思い付かなかったということもあるが、今回あの案を却下したところで、どうせマイルは魔族の村行きを諦めないであろうと思ったからである。

それに、レーナ達はマイルが様々な種族のところへ行きたがる本当の目的が、『古竜が遺跡を調べている理由の調査』であることを知っている。

……しかし、レーナ達がマイルに反対しなかった本当の理由は、いつもは人に譲ってばかりのマイルがたまに言う我《わ》が儘《まま》や頼み事は聞いてやりたい、ということであった。

マイルの望みを叶えてやることが、自分達の望み。

それが、レーナ達の思いであった……。

＊　＊

4日間の休養を、図書館、孤児院、河原の孤児達のところ、カフェ、そして金貨の勘定と、それぞれ気ままに過ごした『赤き誓い』の4人。

そして……。

「どうしてまたすぐに遠出するんですかっっ!!」

レニーちゃんの悲痛な叫びを後に、再び遠出を宣言して宿を出る4人。

……レニーちゃんが『帰還予定日をまだ聞いていない』ということに気付かないうちに。

そう、初めから帰還予定日を言っていなければ、『遅い』と文句を言われることもない。

ようやくそれに気が付いた、レーナ達であった。

ハンターギルド支部の方は、ギルドマスターに面会を申し入れて、『古竜と一緒に魔族の村へ行く羽目になった』と、レーナから伝えてある。

勿論、４人揃って行って、レーナがそう話した、ということである。

マイルではなくレーナが喋ったのであるから、『行く羽目になった』というのは嘘ではない、というわけである。それを希望したマイル本人がそう言ったのでは、嘘になってしまうが。

こういう言い方をすれば、レーナ達の意志ではなく、古竜側から乞《こ》われたので仕方なく、と勘違いしてくれるであろうというのが狙いである。決して嘘を吐いたわけではなく……。

特に吐く必要のない嘘は、なるべく吐かないようにするのが『赤き誓い』の方針であった。

……勿論、必要があれば平気で嘘を吐くが。

正義のためであれば、多少の悪事は許容される。

それが、『赤き誓い』の方針であった。

黙って行けばよいものを、なぜわざわざ報告したかというと、ハンターパーティが何の報告もせず急に姿を消すというのはさすがにマズいと思ったのと、もし国外に出たことが露見した場合に『国内活動義務期間』の経過カウンターを停止されるのが嫌だったからである。

なので、こういう言い方で報告すれば、古竜とは以前の事件で面識がある『赤き誓い』が、何らかの理由で古竜に呼ばれた、と受け取られるであろうと考えて、みんなで慎重に言い回しを検討して決めた説明の台詞であった。

これにより、『赤き誓い』は古竜からの要求により行動する、ということになり、人間の意思ではどうにもならないこと、不可抗力、貰い事故みたいなものとして、他のハンターやギルド職員達みんなに同情されることとなる。

そして国を跨《また》いだ依頼を受注した場合と同じく、国外に出ても『国内活動義務期間』の経過カウンターが停止することはない。

……『カウンターが停止するなら、行かない』などと言い出されたら、古竜の怒りを買って王都が壊滅するかもしれないのだから、そんな意味のない拘りで大きな危険を冒すようなギルド職員はいない。

それに、古竜が迎えに来る、と伝えることは、王都の近くで古竜の姿が目撃されて大騒ぎ、というのを防止するためにも、必要なことであった。

また、いつぞやのように『BランクかAランクのパーティが、死を覚悟して泣く泣く調査依頼を引き受ける』というような悲劇が起きたら、気の毒すぎる……。

とにかく、これで安心して出掛けられる。日数を気にする必要なく。

「いよいよ、人間、ドワーフ、エルフ、獣人に続き、魔族の村です！　妖精《スペシャル》もこなしているから、フルコンプリートですよっ!!」

妖精は、村には足を踏み入れていないものの、村人全員を捕縛……交流したので、クリアと判断しているらしきマイル。

そしてさすがのマイルも、サイズが違いすぎるし建物も口に合う料理もないであろうから、古竜の村（?）へ行くことは諦めているらしかった。

マイルにも、少しは常識の欠片が残っていたようである……。

＊　＊

「遅いわねぇ……」

待ち合わせの場所である、王都近くの森に来てから、既にかなりの時間が経っている。

レーナがぶつぶつ言っているが、それは仕方あるまい。この世界には正確な時計があるわけではなく、待ち合わせの時間などかなり適当なのである。せいぜい、朝イチ、午前中、昼前、午後イチ、夕方、とかいう程度の表し方に過ぎない。

馬車や騎馬での移動も、天候や路面状態、馬車の車輪や車軸の破損、魔物や盗賊の襲撃等で、半日とか数日の遅れくらい普通である。

なので、いくら王都からそう離れてはいないとはいえ、野外での待ち合わせでは多少の遅れに文句を言う者はいない。

そのためレーナも、そう口に出してはいても、別に怒ったり不愉快に思っているわけではない。

『赤き誓い』の移動がいつも比較的時間通りなのは、主にマイルのせいである。

馬車の車輪が泥濘《ぬかるみ》に嵌《は》まっても一瞬で脱出させられるとか、車軸が折れた積み荷満載の馬車を持ち上げて簡単に修理するとか、普通の人間にできるようなことではない。それを、客として乗った乗合馬車であろうが、護衛依頼を受けた商隊の荷馬車であろうが、いつもサービスで手伝ってやるのである。

……『赤き誓い』が護衛依頼を受けようとして申し出ると、いつも即行で商隊や馬車屋から採用決定の連絡が来るはずである。

普通は、ギルドのとある部署でパーティの信用度や実力を確認したり、面接を行ったりするものであるが、『赤き誓い』の場合は、いつもほぼ即決である。

まぁ、実力と信用度もであるが、若い女性ばかりだとか、魔術師揃いで水魔法や治癒魔法がアテにされているだとか、収納魔法に入れて運んでもらいたいものがあるとか、他にも色々と理由はあるが……。

中には、マイルによる料理目当てで、別途料金で移動中の食事の提供を頼んでくる依頼人も多い。

とにかく、人間でさえ、野外での待ち合わせは下手をすれば数日くらい待たされることもある。

それが、長命であり時間の概念が人間とは大きく異なる種族が相手となると……。

ただ、今回は相手が古竜であるため、移動に思わぬ時間が、という心配がないことだけは安心材料である。

レーナ達が開き直ってお茶会を開いていると、ようやく空にポツンと黒い点が現れて、急速に大きくなってきた。……どうやら、ケラゴンが来たようである。

しかし、かなり待たされたので、今度は相手を多少待たせても構うまい。そう考えたレーナ達は、のんびりとお茶とお菓子を楽しみ続けたのであった。

＊　＊

『では、出発しましょう、マイル様』

長命の古竜は、多少待たされても気にもしない。

普通であれば、それでも『下等生物が、古竜を待たせた』という事実に対して激怒するのであろうが、マイルに深く感謝しているケラゴンにはそんな感情が湧くはずもなく、人間にとってのほんの数秒程度にしか感じない時間など、本当に気にもしていないのであった。

そして心から感謝しているのはマイルに対してだけなので、他の3人に対しては、その戦闘力に一目置いていることと、『マイル様の仲間だから』ということで一応は丁寧に対応してはいるが、本当に尊重しているわけではない。あくまでも、『マイル様の仲間』であり、マイルのおまけ扱いに過ぎなかった。背に乗せてくれるのも、『マイル様の付属品』としてである。

　そのため、こういう場合には、声を掛ける相手はマイルだけなのであった。

「ごめんなさい、わざわざ来ていただいて……」

『いえ、本当に、お気遣いなく。我らにとり数日間など人間にとっての数秒程度。それも、退屈を持て余している身にとっては、日常と違うことは大歓迎ですよ。おまけに、大恩あるマイル様のお役に立てるとあれば、願ってもないことです。

……勿論、マイル様に媚《こ》びを売っておけば、また部位欠損の大怪我をした時にお助けいただけるかも、という打算もありますから、本当に、御遠慮なく……』

「あはは……。その時は、任せてください！」

　本気なのか冗談なのか分からないケラゴンの言葉であるが、それくらいならお安い御用だと、マイルは笑いながらそれを了承した。

　古竜がそのような大怪我をすることなど、そうそうあるわけがない。なので、それはマイルが以後も気軽に自分を頼ってくれるようにとのケラゴンのリップサービスである可能性があるが、仲間と一緒の超高速移動の手段があるというのは、万一の時にはかなりの安心材料なので、ケラゴンの厚意をありがたく受け取らせてもらうことにしたのである。

　……それに、どうやら日々退屈していて面白いことを求めているのは本当らしかったので。

『……それで、今回はどのような御用件で？』

行き先は告げてある。なので、これはケラゴンに対する用件ではなく、マイル達が何をしに魔族の居住地域へ向かうのかが知りたいのであろう。

出発しようと言ったにも拘わらず、だらだらと話し続けてマイル達を背に乗せようとする様子がないと思えば、飛行を始めると背中のマイル達とは話ができなくなるため、出発前にそれを聞いておきたいらしかった。先に聞いておけば、飛行中に色々と想像して楽しめるし、到着後に、考え付いた質問をすることもできる。

どうやら、本当に今回の馬車馬役を楽しんでくれているようであった。

なので、マイルもその期待に応えようとして、簡単なこと……あまり詳しく話すと、楽しみが減るだろうから……を教えてやることにした。

「まず、魔族の男性から御招待を受けているレーナさんとメーヴィスさんの観察」

「「なっ!!」」

『ほうほう……』

マイルの言葉に、異議がありそうな顔をして、少し赤くなっているレーナとメーヴィス。

そして、なぜか少し興味がありそうな素振りのケラゴン。

人間如きの色恋沙汰など、人間が鮭の産卵を見る程度にしか思わないであろうケラゴンであるが、初対面の時のベレデテスの言葉からケラゴンが『年齢イコール彼女いない歴』であることを知っているマイルは、ああ、僅かでも自分の婚活の参考になれば、とか思っているのかな、と考え、それを軽く流した。

「そして次に、あなた達古竜がやっている先史文明の調査に関する情報収集」

『なっ……』

今度のマイルの言葉には少し驚いた様子のケラゴンであるが、魔族は現場作業員として使っているだけ……何らかの形でそれなりの報酬は与えているようであり、別に無報酬で奴隷のように使っているわけではなく、魔族側は納得して協力しているらしい。まぁ、古竜からの頼みや命令を断れるはずもないが……なので、大した情報を持っているわけではない。それに、魔族が古竜に関することを人間にペラペラと喋るはずもない。なので、一瞬少し驚いただけであり、今度はケラゴンがマイルの言葉を軽くスルーした。

そもそも、ケラゴンは元戦士隊所属、そして現在は発掘作業の現場と古竜の里とのただの連絡員に過ぎないため、『人間が何やら先史文明について独自に調査しているらしい』ということは自分には全く関係なく、報告の義務すらないので、別に気にするようなことではないのであろう。

そもそも古竜側の調査・研究の担当者達は下等生物である人間が何をしようが気にも留めないため、たとえケラゴンがそのことを報告しようとしても、話を聞いてももらえないのは確実であった。

それは、有名大学の教授のところに、警備員が『近所の幼稚園児が、教授が調査・研究されているのと同じことを調べようとしています』と報告してきたのと同じようなものである。笑い飛ばしてくれればまだマシな方であり、大抵の場合は『馬鹿馬鹿しい悪ふざけで研究の邪魔をするな！』

と言って叱り飛ばされるのが落ちであろう。

「そして三つ目は、私のフルコンプのためです！　これで、人間、エルフ、ドワーフ、獣人、妖精に続き、最後の魔族の村を訪問すれば、全種族、フルコンプリートですよっ！」

『……お、おう……』

マイルの言う『フルコンプ』というのが何なのか、そしてそれにどのような価値があるのか全く分からないケラゴンであるが、古竜同士であっても価値観はそれぞれであるということをよく理解している聡明な古竜であり、そしてマイルに心酔しているため、それには深く突っ込むことなく流したのであった……。


そして、ようやく出発する一行。

目的地は、大陸北部の山脈の向こう側。

「両舷全速。目標、魔族居住地域。ケラゴン、発進します！」

そして、マイルのお約束台詞。

「……何か言うと思ったわよ……」

「マイルちゃんですからねぇ。フカシ話の名台詞や決め台詞を言う機会《チャンス》は逃しませんよねぇ……」

「『虚空《こくう》戦闘艦やまと』続編の、ラストシーンか。あれは泣けたよねぇ……」

「でも、特攻自爆エンドは縁起が良くないわよ！」

相変わらずの、『赤き誓い』一行であった……。

書き下ろし　勧誘

「指定ハンター？　何ですか、ソレ？」

そう言って、きょとんとした顔をしている、マイルと仲間達。

ある日、ハンターギルド支部に顔を出した『赤き誓い』は、受付嬢に捕まり、ギルドマスターの部屋へと連れて行かれた。

そしてそこでいきなり聞かされたのが、わけの分からないこの言葉であった。

「『指定ハンター』というのは、常時依頼や一般依頼とは別に、あまり公《おおやけ》にできない依頼や、本来受けるべきではないが心情的にどうしても受けてやりたい依頼があった時に、正式にはギルドを通さずに依頼人から直接受ける自由依頼として処理する仕事を受けるハンターのことだ。

表向きギルドは関与していないことになるため、依頼者が依頼ボードに勝手に紙片を貼ることになっている。『清掃人求む』という依頼で、報酬額も具体的な仕事の内容も書かれておらず、連絡先が書いてあるだけのやつだから、普通のハンターは見向きもしないヤツだ」

「最初の読み切り版で、しかもコミックス用に修正される前の雑誌掲載バージョンですかっ！

もっこりして、１００トンハンマーですかっっ!!」

そして、いつものようにわけの分からないことを叫ぶマイル。

レーナ達もギルドマスターも、今更マイルの奇矯《ききょう》な言動に驚いたりはしない。

……慣れた。

ただ、それだけである。


「呼び名を聞いた時から、怪しいとは思っていたんですよね。『指定《シティ》ハンター』って……」

まだ、そんなことを言っているマイルであるが……。

「確かに、少し怪しい仕事だということは認める。

しかし、依頼によっては法に触れるギリギリ、いや、下手をすると犯罪行為との境目を跨いじまう可能性があるからこそ、善悪の見極めがはっきりとできて、正義と矜持に拘り、腕が良くて、カネに困っていないヤツでないと駄目なんだよ。そのあたりの、普通のハンターには任せられない、繊細《デリケート》で微妙な仕事なんだよ。安心して任せられるヤツは、そうはいない……」

「「「「…………」」」」

ギルドマスターの説明に、微妙な顔をする『赤き誓い』一同。

能力を認められ、信頼されているらしきことは、素直に嬉しい。

だが、明らかにそれは厄介事を招くことになる仕事である。

勿論、それを跳ね返せると思われたからこそのこの勧誘であり、それもまた嬉しい評価ではあるのだが……。


「パス！」

「パス！」

「パス！」

「パス！」

「えええええええ!!」

レーナ達の返事が予想外であったのか、思わず叫び声を上げてしまったギルドマスター。

「ど、どど、どうして……。この話を受けるのはハンターとして名誉なことで、高く評価されているという証《あかし》で……」

「名誉とか、高く評価されている証とか言っても、他の人達には内緒なのでしょう？　私達、今までそんなお話は聞いたことがありませんからね。

……つまり、ギルドのごく一部、ほんの数人しか知ることはないお話ですよね？　そんな少数の人の心証を良くするだけのために受けるには、面倒事になる確率があまりにも大きくて、メリット・デメリット、費用対効果が悪すぎますよ。……不良案件ですね」

ギルドマスターの言葉を、ポーリンが両断。

「それに、私達、普通に依頼をこなしているだけで、充分に高く評価されているわよ。……だから、この話を持ち掛けたんでしょ？　なら、わざわざ面倒事を背負《しょ》い込む必要なんかないじゃないの」

「うっ……」

レーナの追撃に、口籠もるギルドマスター。

当たり前である。表向きギルドが関与していないということは、何かあってもギルドからは正式な支援が受けられないということであり、ギルドを通さずにそんな不良案件を受けるメリットなど何もない。

そもそも、ギルドの受付を通さずに勝手に依頼ボードに依頼票を貼ることなど、できるはずがない。なので、いくらギルド側が『あれは勝手に貼られたものだ』と言っても、些か無理があるのだ。つまり、客観的に見れば、それは『ギルドが受け付けてボードに貼った依頼票を勝手に剝がし、受付を通さずに依頼主に連絡した』ということになるのである。

……それは、ハンターによるギルド規約違反だ。

もし勝手に貼られたものだとしても、それはそれで、やはり規約違反である。

どちらであったとしても、ギルドがその気になれば、何かあった場合、全ての責任をハンターに押し付けて、ギルド側は知らぬ存ぜぬを貫くことができる。自分達は被害者面をして。

「「「「ないわ～……」」」」

いくらメリットがあろうとも、あまりにも危険すぎる。

それが、メリットも殆どないとなれば……。

「……で、今現在、ここの支部に何人いるのよ、その『指定ハンター』っていうのは……」

「うっ！　いや、その……」

レーナの質問に対して口籠もるギルドマスターに、ポーリンがバッサリと……。

「まだ、ひとりもいないのですね？」

「うう、ま、まぁな……。だから、これから……」

「そして、その勧誘の言葉に『あの、「赤き誓い」も引き受けてくれたぞ！』って言えるようにしようとして、最初に私達に声を掛けた、と……」

あの心遣いの人、メーヴィスまでもが冷たい声で追い打ちをかけた。

「「「「じゃ、そういうことで……」」」」

そう言って、さっさとギルドマスターの部屋から撤収する『赤き誓い』。

必死で引き留めようとする、ギルドマスターの叫び声を後にして……。

＊　　＊

「まったく、ふざけんじゃないわよ！」

「さすがに、いくら色々とお世話になっているギルマスからの頼みでも、赤字濃厚な取り引きには応じられませんよ！」

「うん、いくら相手がギルマスであっても、あまり舐められるのは問題だよねぇ」

「どうも、元々ああいう制度があったわけじゃなくて、私達をいいように使おうとか思って新たに考えた案件みたいですからねぇ……」

　口々にギルドマスターに対する不満を溢しながら階段を下りてきた4人を見て、何やら機嫌が悪そうだと察したギルド職員やハンター達は『赤き誓い』の皆と眼を合わせないようにしていたが……。

「あなた達が『赤き誓い』ね。私がパーティリーダーになってあげますから、今から私の指揮下に入りなさい！」

「「「「超高圧的お嬢様からの、常識を超えた勧誘、キタ～～!!」」」」

（（（（あああああああぁ～～））））

　そしてマイル達の口に出された叫びと、ギルド職員とハンター達の心の中の叫びが……。

　マイル達に常軌を逸した勧誘……勧誘と言えるのか？……を行ったのは、如何《いか》にもな貴族のお嬢様風の金髪ドリルの少女であった。

　年齢《とし》は、15～16歳。側には、お付きの者か護衛なのか、剣で武装した20代前半くらいの女性が3

人、付いている。

お付きの者達は常識を弁《わきま》えているのか、お嬢様の台詞に、あちゃ〜、というような顔をしている。

そして……。

「いえ、結構です」

メーヴィスが即答で断り、

「ふむ、結構、つまり了承したということですわね！」

なぜか、メーヴィスが了承したものとして話を進めるお嬢様。

「どこの詐欺電話ですかあああぁ〜っっ!!」

そして、詐欺の手口には詳しいマイル。

「メーヴィスさん、この手の人にはハッキリ言わないと駄目ですよっ！　全て自分の都合のいいようにねじ曲げて受け取りますから！」

「ええっ！　わ、分かった……」

まさかそんな人間がいるはずが、と思いながらも、こういう場合にマイルが血相を変えて忠告する時は大抵正しい指摘だということが分かっているため、慌ててマイルの指示に従うメーヴィス。

「あ、あの、お申し出はお断りします！　私達は、この4人で活動しますので！」

これだけハッキリ言えば大丈夫。メーヴィスがそう思って安心していると……。

「自分達の能力不足を卑下《ひげ》して遠慮することはありませんわよ。その足りない部分は私が充分補《おぎな》い、支えて差し上げますからね。ホ～ッホッホッホ！」

「「「駄目だ、こりゃ……」」」

＊　＊

「いったい何だったのよ、アレ……」

「明らかに、貴族のお嬢様でしたよね……」

ようやく謎のお嬢様から逃げ切り、トボトボと歩きながら愚痴を溢すレーナとポーリン。

「おそらく、退屈な日々に嫌気がさした貴族の我が儘お嬢様が、噂で聞いた『若い女性だけのハンターパーティ』で退屈凌ぎを、とでも考えたんじゃないかな？」

「あ～、ありそうですよねぇ……」

「「あ～……」」

メーヴィスとマイルが言うことに、納得の声を漏らすレーナとポーリン。

「貴族の少女がいきなりハンターとか、そんな荒唐無稽な……」

と言いかけて、黙り込んでメーヴィスとマイルを見るポーリン。

「あ、でも、『女神のしもべ』のリートリアさん《オーラ男爵家御令嬢》の例がありますよね……」

そして、ポーリンの視線に、何を思ったのか、マイルがそんなことを……。

「アンタのことじゃい、このボケがあぁ〜〜ッッ!!」

そして、吠えるレーナであった……。

＊　＊

「いや〜、連続しておかしな勧誘をされるとか、今日は運が悪かったわよねぇ……」

((それ、フラグ、フラグぅ〜〜!))

宿に着く直前にレーナが溢した言葉に、思わず心の中で総突っ込みのマイル、メーヴィス、ポーリン。

そして、宿に着き……。

「今日は、お風呂に入ってのんびりと……、うおっ!」

レーナ達が宿屋に入った途端、何やら『さわやかそうなの』が寄ってきた。

さわやかそうな剣士、さわやかそうな戦士、さわやかそうな槍士、さわやかそうな弓士兼軽戦士……。

(律子さんはいないのですね……)

そして、何だかよく分からないことを考えるマイル。

(((ま、まさか……)))

「君達が『赤き誓い』だね。噂は色々と聞いているよ。俺達はBランクパーティ、『輝ける希望』だ。ブランデル王国の王都からやってきた」

（（（まさか、本当にフラグが……）））

「どうだい、君達、うちのパーティに入らないかい？」

（（（立ったあああぁ～!!）））

「立った、立った、フラグが立った！」

「クララが立った、みたいに言わないでよ！」

にほんフカシ話の中の、『アルプスの少女クララの大冒険』がいたくお気に召したらしいレーナは、たとえそのお話を聞かせてくれたマイル本人であっても、その感動的シーンをギャグのネタにされるのは不愉快らしかった。

（いや、フラグが『立った』のは、レーナさんがお約束台詞を呟いた時のことでは？　今のは、フラグが『回収された』かな？）

そして、いつものように、どうでもいいことを考えているマイル。

「君達の噂は、ブランデル王国にまで聞こえてきているよ。

俺達『輝ける希望』は、Bランクパーティだけど魔術師がいないのがネックでね。魔術師を2～3人入れて戦闘方法の大改革をしようと考えていたところに、君達のことを知ったわけだ。

高威力の攻撃魔法、大神官をも凌駕《りょうが》すると言われるほどの治癒魔法、剣と魔法の両刀遣い、そして神速剣の遣い手。……しかも、全員が可愛い美少女。

これはもう、英雄パーティと呼ばれるうちのパーティに入るしかないだろう。君達ならば、その資格が充分にあると思うよ。……合格だ！」

「「「「はァ？」」」」

ムカついた。

レーナ達、４人全員が。

資格がある？

合格だ？

……いったい、何様のつもりか!!

「アンタ達には、私達のパーティに入れるだけの資格がないわね」

「不合格です」

「私達には、ついてこられないんじゃないかな？」

「あなた達に選ぶ権利があるように、私達にも選ぶ権利がありますからね。自分達だけに決定権があるかのように勘違いしている痛い人達とは、仲良くできるとは思えません」

いつも言動がキツいレーナと、不愉快にさせると怖いポーリンだけでなく、慈愛の人メーヴィスとお人好しのマイルまでもがかなりお怒りの模様である。

カウンターの向こうでは、『赤き誓い』が本気で怒ったところを初めて見るレニーちゃんが、少し引いていた。……4人全員が、確かに怒っているはずなのに、少し微笑んでいるので……。

……ヤバい。

このままでは、宿に被害が出る。

レニーちゃんの直感が、そう告げていた。

「お、おおおお姉さん達、パーティを組むかどうかは、実力を見せ合ってから考えた方がいいんじゃないですか？　それには、ハンターギルドの訓練場か、街の外での方が……」

「「「「なるほど、一理ある……」」」」

そして『輝ける希望』の方も、『赤き誓い』の生意気な台詞にカチンと来ていたことと、一発ガツンとやって前衛不足のパーティの脆《もろ》さを思い知らせて鼻っ柱をへし折り、自分達のパーティに入れて欲しいと頭を下げさせるには絶好の機会であると考え、喜んでその提案を受け入れた。

（……よかった、宿の被害は回避できた……）

そしてレニーちゃんは、『赤き誓い』がこの男性パーティと一緒にこの街を去る心配など、全くしていなかった。

さすがに、レニーちゃんも『赤き誓い』の異常性には薄々気付いていたのである。

「「「「すみませんでしたあああぁ〜〜!!」」」」

そして、ハンターギルドの訓練場で、大勢の見物人のハンター達の前でズタボロにされて土下座する、Bランクパーティ『輝ける希望』の4人のハンター達。

（（（（（可哀想に……）））））

しかし、充分な情報を得ることなく、相手を侮《あなど》り、そして怒らせた。

そんなことをした者は、大抵はその場で命を失い、その教訓を次に活かせることはない。

それを、大した怪我をすることもなく……、いや、治癒魔法で治してもらえる程度の怪我しかすることなく貴重な経験を得られたことは、幸運だったと考えるべきであろう。

たとえその『治癒魔法で治してもらえる程度の怪我』が、複雑骨折や粉砕骨折、かなりの火傷を含むとしても……。

＊　　＊　　＊

「疲れたわね……」

「疲れましたね……」

「精神的にね……」

「たはは……」

今日は一日、『勧誘』と称して絡まれまくりの一日であった。

しかし、別に今日が初めてというわけではない。

大なり小なり、こういうことは時々ある。一種の『有名税』というようなものである。

こういう被害が増えて、『名が売れてきたな』と実感するのが、ハンターというものである。

仲間に引き入れようとしたり、利用しようとしたり、……そして、憧れたり。

ハンター仲間からも、ハンターを目指す若者達からも、そしてハンターに助けを求める者達からも。

多少の迷惑は、仕方ない。

そう割り切り、あまり不愉快には思わない『赤き誓い』の面々であるが……。

「「「但し、ギルドマスター、てめーは駄目だ!!」」」

……そう、ギルドマスターからのふざけた真似だけは、決して許さない『赤き誓い』であった……。

あとがき

皆様、お久し振りです、ＦＵＮＡです。
発刊元がＳＱＥＸノベルに変わってからの2冊目、15巻です。
今回は、古竜の団体さんが来て、……そして獣人の幼女ががが！
マイル、至福の刻《とき》。
そして、怒りのデスロード！
曖《アイ》！昧《マイ》！まいる「ひとりで殺《や》れるもん！」
『ワンダースリー』も、色々と活躍しているようで……。
次回は、いよいよ魔族の村へ！
そして次第に明らかになる世界の謎と、侵略者の正体。

いよいよ、クライマックスの始まりか？

謎が謎を呼ぶぞ！

刮目《かつもく》して、待て、次巻!!


というわけで、発刊元移籍のために13巻と14巻の間はかなりの間隔が空きましたが、今後はもう少し早いペースで出るのではないかと思う、今日この頃……。

現在、週に2回、徒歩3分のスーパーに食料品を買いに行く以外は家から殆ど出ず、喋るのは同じく週に2回、「袋は要りません」と言うのみ。

電車に乗ることもなく、誰かと会うことも滅多になく、『コロナから最も離れた生活』をしています。

マイル「そんな毎日じゃ、退屈ですよね？　早くコロナがおさまって、元の生活に戻ればいいですね……」
レーナ「し～っ！　それ、コロナが蔓延する前と全然変わってないから！」
マイル「あ……」

と、ととと、とにかく、コロナから遠い生活です！

そして、『のうきん』に続いて、講談社から刊行されております『ポーション頼みで生き延びます！』も、累計１００万部突破！

この巻が刊行される頃には、『老後に備えて異世界で８万枚の金貨を貯めます』も、そろそろ１００万部を突破している頃かな……。

３作品共に、打ち切りの話が出ることもなく順調に続巻を出し続けられているのは、全て読者の皆さんとコミカライズを引き受けてくださいました漫画家さん達のおかげです。

コミックスは小説の何倍も売れるので、コミックスが売れている限り、小説も安泰！

……いや、「作家として、それはどうか」と思わないでもないけれど……。


あ、コミックスといえば、森貴夕貴先生のスピンオフコミック、『私、日常は平均値でって言ったよね！』が、３月12日発売の４巻で完結となりました。

まだ買っていない人は、この機会にまとめ買いを！

可愛い絵柄、そして私以上に『赤き誓い』の４人のことをよく理解してくださっている森貴夕貴先生の、私と波長の合うギャグの連発をお楽しみください。

あ、『日常』も英訳されており、海外でも好評のようです。（米国Amazonの☆評価から）

最後に、イラストレーターの亜方逸樹様、装丁デザインの山上陽一様、担当編集様、校正校閲・組版・印刷・製本・流通・書店等の皆様、感想や御指摘、御提案やアドバイス、アイディア等を戴きました『小説家になろう』感想投稿欄の皆様、そして、本作品を手に取ってくださいました皆様に、心から感謝致します。

では、また、次巻でお会いできることを信じて……。

FUNA

謎の美少女
新米ハンター
モレン!
次巻
登場!!
たぶん…
亜方逸樹

SQEXノベル

私、能力は平均値でって言ったよね！ ⑮

著者
FUNA
イラストレーター
亜方逸樹

2021年6月7日　初版発行

発行人
松浦克義
発行所
株式会社スクウェア・エニックス
〒160-8430
東京都新宿区新宿6－27－30　新宿イーストサイドスクエア
（お問い合わせ）スクウェア・エニックス　サポートセンター
https://sqex.to/PUB

印刷所
図書印刷株式会社
担当編集
稲垣高広
装幀
山上陽一（ARTEN）

この作品はフィクションです。
実在の人物・団体・事件などには、いっさい関係ありません。

ISBN978-4-7575-7309-3 C0093　Printed in Japan